後宮の花シリーズⅦ

後宮の花は偽りに染まる

天城智尋

JN053286

双葉文庫

目次

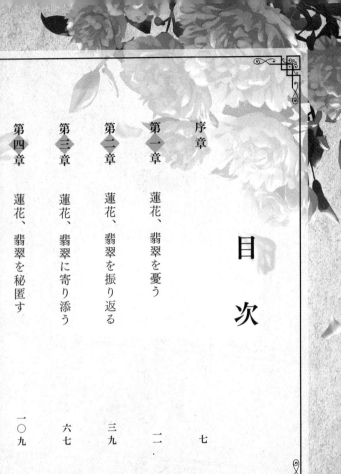

人物紹介
華王「かおう」
華国の王。双子の伯父
郭叡明「かくえいめい」
本物の皇帝。翔央の双子の兄。
兄を弑するときに右目を失った。
郭翔央「かくしょうおう」
身代わりの皇帝。本物の皇帝叡
明の双子の弟。

陶蓮珠「とうれんじゅ」
身代わりの皇后。元行部官吏で
玉兎宮の女官になった。
曹真永「そうしんえい」
凌国の青年。陶家の家人
となる。
陶翠玉「とうすいぎょく」
蓮珠の妹。

その他の登場人物

【威皇后《いこうごう》（冬来《とうらい》）】……本物の皇后。冬来として皇帝警護を担当する後宮警護官の顔を持つ。

【李洸《りこう》】……相国の丞相。双子の政を支える側近。政治のスペシャリスト。

【郭秀敬《かくしゅうけい》】……翔央の一番上の兄。飛燕宮《ひえんきゅう》。

【呉淑香《ごしゅくか》】……叡明の後宮の元宮妃。現在は飛燕宮妃となっている。

【郭明賢《かくめいけん》】……双子の年の離れた末弟。雲鶴宮《うんかくきゅう》。

【蒼妃《そうひ》】……双子の異母姉で、相国では蟠桃公主と呼ばれた。威国に嫁いだ。

【蒼太子《そうたいし》】……威国の十八太子の一人。七歳年上の蒼妃を妃に迎えた。

【秋徳《しゅうとく》】……金烏宮の太監。元翔央の部下で武官だった。

【欧閃《おうせん》】……翔央の幼馴染。栄秋府の府尹《ふいん》（府の長官）。

【黎令《れいりょう》】……行部次官。蓮珠の元同僚。語りだすと止まらない。

【白豹《はくひょう》】……姿を見せない陶家の家令。

【榴花公主《りゅうかこうしゅ》】……華国の公主。翔央の正妃候補として相国を訪れたが、現在は威国に亡命中。

【朱景《しゅけい》】……榴花公主のお付き。現在は威国に亡命中。実は蓮珠の遠い親戚。

序章

夜の森が鳴いている。初夏のまだ少し冷たい夜風が葉を揺らし、虫たちの囁《ささや》きに夜警《やけい》する鳥の声が重なる。夜闇を藍色に染める月の白い光の下、十二歳の蓮珠《れんじゅ》は遅い時間にもかかわらず、まだ起きていた。手にした色鮮やかな紐を組み合わせて双聯《そうれん》結びを作ると、その先に小さく透明の石をそれぞれ一粒通し、石が落ちぬようにやや大きい結び目で留めた。

「できた！」

思わず大きな声を出してしまい、慌てて両手で口を押さえる。肩越しに家の中を見れば、幼い妹のあどけない寝顔がある。安堵した蓮珠は、そっと身体を反転させると妹の眠る寝台に歩み寄った。

「翠玉《すいぎょく》……。あなたのことは、わたしが守るからね」

まだ三歳の小さな手に、作ったばかりの佩玉《はいぎょく》を握らせる。心なしか、寝顔が微笑んだように見えた。

「蓮珠、おまえは翠玉を守る前に、決まりごとを守れ。夜中に大声出すな」

「お、お兄ちゃん、もしかして起こしちゃった？」

「起きて勉強していた。今夜は月が明るいから、書を読むのに集中していたんだ。……おまえの叫び声で、集中が途切れたけどな」

蓮珠の兄は、今年十六歳になり成人した。父の酒坊《しゅぼう》を手伝っているが継ぐ気はなく、役人になるための勉強をしており、若い頃は中央の官吏だったという邑《むら》の老爺から教えを受けている。兄の、清廉で自他共に厳しく真面目な性格は、役人の理想の姿だと両親は言っているが、兄本人は役人を目指す理由を『任地に家族を連れていけて、住む家も国から与えられるから』だと言っており、この国のために役人になりたい訳ではないようだ。

「いいか、蓮珠。夜中に大声出すなんて、家族だけでなく周囲にとっても迷惑だ。こんな邑でも、まだ十数戸の家が残っているんだからな。……もっとも、耳の遠くなったじいさんばあさんばっかりで、お前の声なんて聞こえないだろうけど」

十二歳の蓮珠が生まれるよりずっと前から、相国《そう》は北の威国《い》と国境戦争を続けている。白渓《はくけい》は相国東北部にあり、自国の都より威国の国境のほうが近い。月明かりに浮かんで見える小亀山《しょうきさん》を越えれば、もうそこは威国である。

白渓の邑は、何百年も昔の文献にその名が出てくるほど、酒造で名を知られた土地であったが、終わりの見えない戦争への不安からこの地を去っていった人々は少なくない。生まれ育った土地を離れられない老人ばかりが残り、体力のいる酒坊で働き手となる若者はすでに数えるほどしかいない。成人していない子どもに至っては極端に少なく、九歳で妹ができるまで、蓮珠はずっと邑の最年少だった。

「それにしても、もう少しどうにかならなかったのか、この佩玉。石を紐に通して結んであるだけじゃないか。飾り結びの一つや二つ入れてやれよ」

「みんながみんな、お兄ちゃんほど器用にできてないの。それにこの石は、金剛石《こんごうせき》っていうすっごく強いお守りになる石だって、あの旅人さんも言っていたから、紐に結ぶだけでもちゃんと翠玉を護って……」

「蓮珠、金剛石の名はもう二度と口にするな。石のこと聞かれても、山で拾った水晶だって言っておけ。あの人からもらったことも、絶対に言うなよ」

蓮珠の言葉を兄が低い声で遮った。

「お兄ちゃん、怖い顔してる」

途端に兄が蓮珠を睨んだ目を窓の外へ向ける。

「地顔だ、悪かったな。……でもな、蓮珠。翠玉を守るのはそんな小さな石に込める祈りじゃない。いざという時に大切なのは、おまえの行動だけだ。そのことを忘れるなよ」

不言実行を座右の銘に掲げる兄らしい。蓮珠は笑顔で頷いた。

この夜から、わずか半月。

兄は、妹二人を行動で守って、白渓の悲劇に殉じた。

第一章　蓮花、翡翠を憂う

大陸西部を治める相国、その都を栄秋《えいしゅう》という。対岸が霞んで見えるほど川幅のある大陸西の大河・白龍河《はくりゅうが》。そこに注ぐ虎児川《こじせん》の河口にあるこの街は、国土のほとんどを高地・山岳地帯が占める相国にあって、めずらしい平地に造られた街だ。国内外から多くの人々が集う、大陸でも指折りの貿易都市でもある。

「夏でも涼しいが売りの相国のなかで唯一暑いのが、栄秋の大きな欠点だと思う」

陶蓮珠《とうれんじゅ》は、蓋頭《がいとう》の端を指先で少しつまみ上げると、絹団扇で扇《あお》いだ。すぐさま、傍らから、輿《こし》に揺られる蓮珠を咎める声が入る。

「皇后様《こうごう》、まだ後宮内を移動中にございます。優雅なしぐさでお願いします」

皇后の居所玉兎宮《ぎょくときゅう》の宮付き女官である紅玉《こうぎょく》だった。玉兎宮の運営・管理から皇后の護衛までを兼任する彼女の最も重要な仕事のひとつが、身代わり皇后の蓮珠をより皇后らしくみせる行儀指導である。

後宮内の移動では、通路で他の宮の妃嬪《ひひん》や宦官《かんがん》たちと遭遇することもある。玉兎宮の中に入るまで、油断はできない。蓮珠もわかってはいるのだが、周囲から顔が見えないようにするための蓋頭は、それなりに絹布の厚さがあり、輿に乗って揺られているだけでも、汗が出てくる。

輿には大きな日除けの傘がついているが、問題は頭上より通路の石畳のほうだった。白い石が陽光を反射し、熱気を立ち上らせているからだ。

「……なんかこう……夏用の蓋頭とか、配布されないんですかね？」

後宮の妃嬪には、季節ごとに花紋《かもん》入りの絹が配られる。これを各宮お付きの女官が衣装に仕立てることになっていて、身代わり皇后を務める蓮珠にも、最高級の薄絹に皇后の花紋である牡丹《ぼたん》の透かし刺繍の入った涼しい夏衣装が与えられているのだが……。

「蓋頭に回すほどの余り絹なんて出ませんね。妃嬪の位を問わずどなたでも、きっちりお衣装三着分ですから」

答えたのは、今春の清明節《せいめいせつ》から玉兎宮の女官になった玉香《ぎょくか》だった。

彼女の言うとおり、皇后だろうが下位の妃嬪だろうが、配布される絹織物の数は平等だ。言ってしまうと、国家予算の都合上、最低限必要な数に抑えてある。国家行事などで高位の妃嬪に特別な衣装が必要な場合は、行事の予算から出すことになっていて、日常の衣装の数は一定なのだ。皇后は常日頃から蓋頭を被って顔を隠しているが、日常の衣装の追加絹はない。そのため、夏も冬も同じ分厚い絹布の蓋頭を使っている。

「市井にあれば、外で蓋頭なんて被るのは、嫁入りのときに実家から嫁ぎ先に移動する短い間だけだもの。長く身に着けるわけではないから、そもそも蓋頭に涼しさや温かさを調節できる機能は求められてないんですよね……」

蓮珠は蓋頭の下で苦笑する。

「玉兎宮まで、あと少しですから、いましばらく我慢を」

紅玉が励ましてくれる。蓮珠は微笑みを返し、彼女に絹団扇を預けた。持っていると無意識に扇いでしまいそうだ。同じ外なら、後宮の大庭園である玉花園《ぎょくかえん》で過ごしたい。なにせ、大きな池があって日中でも涼しいのだ。

「主上も、色々溜めこんでいらっしゃるんだろうな」

蓮珠と同じく身代わりの皇帝をしている郭翔央《かくしょうおう》を想う。双子の兄で本来の皇帝である郭叡明《かくえいめい》が、多くの官吏の目の前で翔央のフリをしているときに、右目を失明するほどの傷を負った。これにより、翔央は常に身代わりの皇帝として過ごすことを余儀なくされた。

元武官の翔央は、官吏だった蓮珠よりずっと、椅子に座りっぱなしの生活に苦痛を感じているいることだろう。そろそろ棍杖《こんじょう》を振り回したくなっている頃ではないだろうか。

「まあっ。皇后様のお言葉が、お耳に届いたのでしょうか?」

玉香が面白そうに言う。何のことかと思えば、皇帝の居所である金烏宮《きんうきゅう》から玉兎宮につながる長い廊下を、皇帝がお付きの太監《たいかん》を伴って歩いて来るのが見えた。

「主上のお渡りをお迎えしなければなりません。申し訳ないですが、輿を少し急いでいただけますか」

　蓮珠は、皇后の優雅さと威厳を意識した言葉で、輿の担ぎ手たちを促した。

　玉兎宮に入った翔央は、付き添ってきた太監や玉兎宮の女官たちがさがると、座っていた長椅子にずるずると身を横たえた。

「お疲れですか？」

　蓮珠が長椅子に腰かけて問うと、翔央がもぞもぞと動いて、座った蓮珠の腿《もも》のあたりに頭を乗せる。

「ようやく一区切りついて、少し気が抜けようだ。やはりここはいいな。誰の目も気にしなくて済むから」

　翔央の言葉は蓮珠の言葉でもある。皇帝・皇后には、一人になる時間がほぼない。朝起きた瞬間から女官や太監に囲まれて、身支度を整える。

　政《まつりごと》の場では側近や油断ならない老獪官吏たちの視線を浴び続けなければならない。しかもそうして政務を終えて宮に戻っても、再び女官や太監に囲まれるだけ。さらに寝ているあいだも扉の前には誰かが控えている。

　身代わり同士、二人きりになれるこの時間だけが、互いが本当の意味で素顔に戻れる時間だった。

「……そうですか、ようやく終わりましたか」

蓮珠はなにが終わったのかは口にせず、ただ一区切りついたという言葉を受け止めた。このところ翔央たちが忙しかったのは、郭英芳《かくえいほう》の件の事後処理に集中していたためだ。元々一度目の大逆を機に、英芳の皇族としての責務は、白鷺宮《はくろきゅう》と雲鶴宮《うんかくきゅう》とで粛々と引き継ぎが進んでいた。

残る問題は、英芳の封土を誰が引き継ぐか、だった。一度目の大逆で、都に近い豊かな土地から辺境の地に配置替えとなっていたが、辺境の地といえども皇室の直轄領である。土地に魅力がまったくないわけではなかった。特に、清明節に関連する出来事で、かなり勢力を削がれた旧呉太皇太后《ごたいこうたいごう》派は、少しでも利を得ようと、あの手この手で土地の権利を我が物にしようと動いた。だが、この機に旧呉太皇太后派に致命傷を与えておきたい皇帝としては、残された土地を彼らに渡すわけにはいかなかった。

これには、心情的な面も大きい。英芳の死は、二度目の大逆に対するその場の処分で、しかも処分を下したのは、弟の白鷺宮（と入れ替わっていた叡明）だった。たとえ、玉座を巡る兄弟の争いは歴史上よくあることであっても、皇室の傷は小さくない。

「色々と溜めこんでいらっしゃるでしょう。裏の庭で棍杖でも振って、スッキリされてはいかがですか？」

蓮珠は、裏庭が見える飾り窓のほうに目をやる。

「これだけの月明かりがあれば、灯りも要りませんね……」

夏の夜空を彩る星たちの輝きも霞むほどの月の白光が、夜を藍色にしていた。

こんな月の明るい夏の夜に思い出すのは、いつだってあの日の兄の声だ。ここには、故郷の夏の夜を満たしていた虫の囁きも夜鳥の声もないのに。

「お前も疲れているように見えるが、皇后も忙しいか？」

ささやく問いに月の夜から視線を戻す。目が合うと、翔央が微笑んで手を伸ばす。大きな手が蓮珠の頬をそっと撫でた。

「翔央様には、隠せませんね。……宮の外では蓋頭の下で汗をかき、玉兎宮に戻ると刺《し》繍《しゅう》台《だい》の前で冷や汗をかいています。皇后職の過酷さは、行部《ぎょうぶ》官吏にも負けませんよ」

蓮珠は遠い目をして呟いた。

「刺繍台？　……ああ、七夕《たなばた》か」

翔央が視線だけ巡らせて、隣室に置かれた刺繍台を見つける。

「ええ。西王母の祭壇に捧げる七夕の刺繍です」

七夕は七月七日に行なわれる節句の祭りだ。男児なら詩作を、女児なら五彩の糸で刺繍した細工物を、西王母の祭壇に供えて香を焚き、礼拝する。これを『乞功《きっこう》』といい、特に女児の裁縫・刺繍の腕の上達を願う祭りだ。

皇城《こうじょう》では、皇帝が詩作し、皇后は五彩の刺繍画を西王母に捧げることになっている。

「あまり進んでいないようだな。どんな部署の仕事もこなしてきたお前でも、針仕事は苦手と見える」

科挙《かきょ》（官吏登用試験）に刺繍の腕を問う科目はないし、官吏になってからは仕事で忙しく、針と糸を手にする機会はほぼなかった……とは、ただの言い訳である。

「単に不器用なんです。わたしの手は、細かいことをやるのに向いてなくて。なんかもう、ひと針刺すごとに変な叫び声を出してしまいます」

布に薄く書かれた図案のとおりに針を刺していけばいいはずなのに、うまく図案の線上を糸が辿らず、右に左にガタガタとしているうえに、隙間が空いて破線になってしまう。

「不器用というほどではないだろう、得手不得手は誰にでもある。いいんじゃないか？義姉上も針より剣を持つ方だ。身代わりとして、正しい仕事ができていると思えばいい」

なるほど、と頷きかけて首を振る。

「……いえ。それじゃあ、紅玉さんの地獄のしごきからは解放されませんから。針を刺す手が遅くても、ひと針ひと針進めていくよりないです」

蓮珠は、どうにか七夕に間に合わせるため、裁縫が得意な紅玉の指導で刺繍の猛特訓中だ。針仕事を得意とし、美しい衣装をこよなく愛する玉兎宮の女官紅玉の指導はとんでもなく厳しい。

「それに苦手なのは針仕事だけじゃないんですよ。昔から妹の佩玉は、わたしが作っているのですが、ほぼ、紐に玉環《ぎょくかん》や飾り石を通しているだけに等しいんですよ。なにせ、飾り結びが苦手で、双銭《そうせん》結びか吉祥《きっしょう》結びぐらいしかできないから……。本当は、団錦《だんきん》結びや胡蝶《こちょう》結びを入れて、こう華やかな感じに仕上げたいんですけど」

紐を結び連ねる双聯結び、良いことが重なるという願いを込めて二つの銅銭が重なっているように環を形作る双銭結びを経て、相手の幸福や平安を祈る吉祥結びまではできるようになったが、まだまだ見た目に地味な気がするのだ。ちょっとした小物ならともかく、身分証明にもなる佩玉だというのに。

思わず眉根を寄せた蓮珠の眉間を、翔央が指先で突く。

「ああ、翠玉のアレは蓮珠が作っていたのか。ある意味、特徴的だな。翠玉は自分の佩玉だってすぐわかるから身分証明にいいと言っていたぞ。本人が満足なら俺はいいと思うが」

妹の気遣いも翔央の慰めも、優しすぎてかえって痛い。

「でも、佩玉はお守りでもあるのですから、できるだけ祈りを込めたいじゃないですか。

「……たとえ、誰かを守るのは、最終的には人の行動だけだとしても」

あの夏の月夜の、兄の幻影が自分を見つめている気がした。

「……蓮珠？」

身を起こした翔央に微笑みで返し、長椅子を立つ。

「お仕事の話は終わりにして、お茶を淹れましょう。せっかくゆっくりできる夜なのですから」

大国の政《まつりごと》には、常に考えなければならない問題が積み上がっている。威から大型船の造船技術の提供を受けることが決まり、この国は今後ますます貿易に力を注いでいくことになるだろう。そんななかで、なにを商人たちに任せ、どこを国が支援するべきかが重要だ。国が関わらねば大国間貿易は成り立たないが、国のかかわりが大きいほど、利益の配分は国に傾く。それでは官吏たちは歓喜するだろうが、商人たちからは煙たがられてしまう。しかも、利益の配分に失敗して悪く言われるのは、だいたい皇帝とその側近なのだから、為政者というのは、損な役回りである。

「ゆっくりできる夜か……どうだろうな。執務室を出てくるとき、叡明と李洸《りこう》が各署から集まった中央地域《ちゅうおうちいき》の情報を整理していたんだが、なんとなく嫌な予感がした」

蓮珠が置いた茶器を手にした翔央が、眉間にしわを寄せる。

「おお、ついに翔央様にも、玉座に座るもの特有の直感的な何かが、備わったということですね？」

蓮珠が大げさに言えば、翔央が叡明そっくりの不機嫌顔を作った。

「そんなもの身代わりには不要だね。遠慮しておく」

ボソッとそっけない口調も、叡明のそれだった。さすが双子、似せるのがうまい。

「うん。……おまえの提案どおり、仕事の話はやめるか。ゆっくりできるあいだだけでも、お互いに身代わりを忘れて月の美しい夜を過ごそう」

今や身代わりの姿が日常となった自分たちに許された、本来の姿のままでいられる時間の大切さを告げ合うように、互いに伸ばした手を合わせて、指先を絡めた。

外交儀礼に関わるので、話しておきたいことがある。そんな理由で、蓮珠は執務室に呼ばれた。刺繍台からのしばしの解放を喜んだのも束の間、執務室の異様な雰囲気に、すぐさま玉兎宮へ戻りたくなる。

主上と丞相《じょうしょう》の李洸だけでなく、李洸の部下たちに至るまで、机上の何かを睨んで顔を寄せ合っていた。

「これは……なにが、あったのでしょうか？」

蓮珠の問いかけに顔を上げた翔央が、猫を呼ぶように手招きする。あの怪しげな集団に加わることに若干の抵抗を感じつつ、蓮珠は皇帝の執務机に歩み寄った。

机上には赤子の手のひらほどの小さな紙片が置かれ、その上には風に飛ばされないためなのか水晶の板のようなものが乗せられている。

「そちらからでは見えないぞ。遠慮せずにこっち側に来い」

翔央の懸念とは違う意味で遠慮したい。皇后だからではない、元官吏の宮付き女官の陶蓮珠の姿だったとしても、男六人が顔を寄せ合っている中に入っていくのは遠慮したい。

ここは察してもらうよりない。蓮珠は執務机の傍らに立っていた冬来《とうらい》のほうを見る。目が合った冬来は、小さく頷くと、一歩机の前に出た。

「主上も皆様も一点を凝視して目がお疲れではないでしょうか。皇后陛下がいらっしゃったことですし、いったん休憩を入れられることをお勧めいたします」

冬来に言われて、六人が同時に身を起こす。夢中になっていたのだろう、お互いの距離の近さに気づき、一様に距離をとる。特に、李洸の側近は主上と皇弟《こうてい》という雲の上の方々と顔を寄せ合っていたのだ。すごい勢いで飛び散り、執務机の前に平伏した。

「よい、余も冬来に言われるまで気づいていなかった。今回の件では不敬の罪は問わない。とにかく休憩をとろう。……秋徳《しゅうとく》、すまないが人数分の茶を淹れてくれ」

皇帝はそう言うと、まだ同じ椅子に並んで座っていた白鷺宮に、今の対応でいいかと問うように視線を向ける。隻眼《せきがん》の皇弟は頷いてから椅子を立つと身体をのばした。

「このくらいのことで、僕に判断の正誤を確かめなくていいのに」

「そうはいかない。こういう線引きがあいまいだと、あとで現場が混乱する」

翔央が元武官らしい考えを口にしてから、蓮珠のほう見た。

「本格的な休憩に入る前に、少しだけ話をしておきたいのだが、よいか？」

蓮珠を残し、李洸たちは休憩のために皇帝の執務机を離れていく。蓮珠は、冬来に感謝の視線を送ってから、執務机の椅子に座る翔央の傍らに立った。

「見ていたのは、凌《りょう》国からの親書だ」

言われて理解するまでに少し間が空いた。なにせ、机上には小さな紙片とそれを押さえておく水晶板しか置かれていないのだから。他に親書らしきものを探そうとした視線の先に、紙片の上に置かれた水晶板が目に入る。

「これ……紙片の文字が、大きくなって映っているのですか？」

よくよく見れば、水晶板はただの平たい板状をしているのではなく、薄い半球型をしていた。その膨らんだ部分に紙片の文字が拡大されて見えているのだ。

「これが凌国の親書、ですか？　……ああ、まだ正式な国交樹立の前ですから、やり取りがあることはできるだけ内密にするために、このような小さな親書を」

蓮珠が感心しきりに言えば、すぐ横から叡明が否定する。

「いや、機密性を考えてのことじゃない。それが凌国名物の豆親書《まめしんしょ》なんだ。あの国は大陸に名だたる技術大国だが、その技術力を支えているのは、面倒なほどに凝《こ》り性《しょう》な国民性にある」

叡明が、手のひらに乗せたいくつかの紙片を見せてくれた。凌国とのやり取りの標準がこの形式なのだと言いたいらしい。

「……とことんやらないと気が済まない人々の集まりなのですね」

蓮珠は、叡明の手のひらの上の小さな紙の束を見つめ、小さく唸《うな》った。

「この小ささにも、一応理由はある。凌国は我が国とは逆に国土の大部分を平野が占めている。国を東西に分ける天竜《てんりゅう》山脈だけが山らしい山で、国土全体を見たときの木材の生産量はあまりに少なく、紙に回せる原材料は常に不足している。そこで彼らが行き着いたのが、紙の使用量を極限まで減らした豆本《まめぼん》と豆手紙《まめてがみ》だ」

こんなに極小の手紙を実現できるあたりに、凌国の技術力の高さが示されている。相国だったら、ここまで小さくするだいぶ手前で諦めていただろうに。

「新たな本は出し続ける必要がある。技術大国の維持、さらなる発展には、新しくなっていく知識を広めることが絶対だからね。少ない紙でたくさんの本を出したい。……そこで、凝り性の彼らは考えた。紙面に細かい文字で書くことで、紙の使用量を抑えればいいとね。だが、そのままでは読みづらいから、読むときは文字を大きくしたい。そのための道具として、水晶を加工したのが、これというわけだ」

さすが歴史学者の肩書を持っているだけのことはある。歴史が関わることになると、普段の口数少ない上にぼそぼそとしゃべる姿から一転、恐ろしく饒舌になる。

そのとき秋徳が白鷺宮用の机に茶器を置いた。それを見て、叡明も皇帝の執務机から離れていく。

「一見すると、その紙片を押さえておく文鎮ですよね」

皇帝の執務机は横幅がかなりある。それに合わせてなのか、椅子のほうも大きく、座面は人が三人並んで座れるほどの幅がある。もっとも、机も椅子も玉石でできているため、どちらも重くて簡単には動かせないから、椅子の座面を大きくすることで、机の端から端まで使えるようにしたのかもしれない。これが凌国であったなら、机か椅子に仕掛けをほどこすことで、小型化を図ったのではないだろうか。かの国がどういう技術的解決をするのか——蓮珠はそんなことを考えながら机上の水晶板を見つめた。

「たしかに、これがあればこんな小さな紙片に書かれた文字でも読めますね。……しかも、この方向からでないと、文字が歪んで見えないから、机上に置いていても周囲から盗み見されることもない。……すごいものを考えるのですね、凌国の方々は」

蓮珠の感心に翔央が頷き、水晶板を退かして紙片を直接見る。小さな紙片にみっちり書かれた細かな文字は、画数の多い字の偏《へん》や旁《つくり》、冠《かんむり》などの細かい差が見えにくく、そのままだと読むのにかなり苦労する。

「重要な文書においては、そういった点も考慮されているんだろうな。国の書庫に収めて長く継承していく文書は、ふんだんに紙を費やして、一般的な書籍の大きさで作っているそうだ。国の書庫に入るには厳しい資格審査があるからな。国の技術や知識の流出は、この使い分けでかなり抑えられる。国家間の書簡にこの豆親書の形式を選択したのも、安全性を考慮してのことだろう。ん〜、軍の伝書に使えそうだな」

翔央が手のひらに乗せた紙片を見つめて言うと、叡明の傍らに立っていた冬来が大きく頷いた。

「現場を知る方のご意見は、もっともですが、これは文字を書く側の技術も相当ですよ。それを身に着けた技術者を、戦場に派遣するというお考えは、導入初期の使い方としては、ご再考いただきたいです」

李洸が翔央の考えに反対を示してから、「本題に移りましょう」と話を区切った。

「本日の掲題は親書の内容についてです。いくつかの重要な情報が書かれておりました。第一に、ついにきちんとした王が不在だった凌国に新王が立ったことです。新王即位に混乱はつきものですが、新たな国同士の繋がりを公にするには好機と言えます」

李洸は李洸で、歴史学者や武官に負けず劣らず、丞相らしいことを口にした。

「きちんとした王が不在？　……あの、では、これまでの国交交渉は、どなたとされていたのでしょうか？」

大陸中央地域を挟んで東西に位置する二国の間には、これまで国交がなかった。他国の情報は入りづらく、ましてや国交のない国となれば、元官吏の蓮珠にだって都の名前や技術大国であることなどごく表面的なこと以外はわからない。国交樹立を目指し、交渉中という話は聞いていたが、相手が国主ではないというのは初耳だった。

「西凌侯《せいりょうこう》だ。凌国はこの数年、国内を東西に二分した内戦状態にあった。ただし、戦闘行為を伴わない政治的優勢を東西のどちらがとるかを争うものだが」

戦闘行為を伴わない内戦って、どういうことだろうか。蓮珠の疑問は顔に出ていたらしい。叡明が応じてくれた。

「あの国で起きていたこと自体は、歴史上よくある後継者争いだよ。先代の王が幼い王子を残して死去、母后の実家が摂政《せっしょう》に就いて国政が乱れた。そこで、西凌侯がこれを正すために、自らが王になることを宣言した。凌国は、高大帝国《こうだいていこく》から封土を得た一族を中心に成立した国だが、伝統的に地方勢力の力が非常に強い。政治的内戦というのは、より多くの地方勢力から支持を得られた者が玉座に就くという凌国特有の政治機構を言うんだ」

「それって、凌国は世襲制ではない……ということですか？」

ついそう口にしてしまった蓮珠を李洸が睨んだ。だが、問われたからには……とばかりに、叡明の饒舌が続く。

「いや、王家はあるし、凌王になれるのはその家の者と決まってはいる。先王は三人兄弟の長子で、西凌侯は第二王子だった。元々自領統治の評価が高く、多くの地方勢力が早いうちから彼の即位を支持した。早くに大勢は決していたが、東側の保守勢力が粘って、西凌侯を王都に入れず、即位式を行なわせないという悪あがきに出ていた。しかし、これも時間の問題で、王都の民が結託して、街門を内側から開いたという話だ。これは、大陸史に書き残すべきできご……うぐっ」

語る叡明の前に未決裁書類の山が突如築かれた。

「……白鷺宮様、歴史講義のお時間がおありでしたら、こちらの処理を優先でお願いいたしますね」

李洸はそれだけ言うと、蓮珠のほうを見て、話の軌道修正をした。

「西凌は、凌国の黒龍河《こくりゅうが》側にあり、威国との貿易の中心地です。威国は直接の貿易相手の西凌侯を内戦当初から積極的に支援しておりました。そこから、威国の蒼太子が西凌侯と我が国を繋いでくださったのです。『西凌侯には、高大民族《こうだいみんぞく》の国の後ろ盾があったほうがいいだろう』との威首長《しゅちょう》のありがたきお言葉あってのことと伺っております」

「それは嬉しいことですね」

蓮珠は、素直に喜んだ。

どうやら、威首長の相国への評価は高いようだ。国交の仲介というのは、成功しても両国から感謝されるくらいで、自国に直接の益があるわけでない。そのうえ、失敗すれば、どちらの国とも気まずくなり、自国の不利益になる可能性がある。だから、国交交渉をする両国以上に、仲介国は慎重になるものだ。

それでも仲介のお膳立てをしてくれたのは、相国なら長く付き合いのある凌国に紹介しても大丈夫だろうという信頼があってのこと。そしてその信頼は、玉座にある皇帝だけに向けられたものでなく、それを支える官僚や国民まで含めた、相国全体へのものだ。

和平の成立から、まだ五年ほどしか経っていない。それでも威国にそう評価されていると知ることは、元官吏として、嬉しいかぎりである。

「政争がどう転ぶかわからなかったから、ほぼ白鷺宮と李洸に専任で進めてもらっていたが、この親書によれば、あちらはなんとか決着したようだ。後日、国交樹立に伴う外交公文書を携えて、最終調整の使者が栄秋に来る。よかったな、李洸？」

翔央が李洸を労うと、彼は恭《うやうや》しく跪礼《きれい》して、主上からの褒め言葉を受ける。

「ありがたきお言葉にございます。……では、主上。今後ですが、西凌侯の新王即位を朝議で伝えると同時に国交樹立の交渉が進んでいる件を公にして問題ないと思いますが、いかがでしょうか」

「公にすると、相国内の派閥間争いにも新しい動きがあるだろう。それ自体は仕方ないが、あまりに暴走されると困る。なので、こちらである程度は制御できるように、范家《はんけ》に舵取りを任せようと思う。あと、威国に仲介してもらったから、その代理的な立場で皇后陛下にも前に出ていただきたい」

しばらく黙って手元の決裁書類を睨んでいた叡明が言う。こういうところは、歴史学者の肩書もあれども、やはり本物の相国皇帝なのだと不敬にも感心してしまう。

「凌国との外交の前線に立つということですね、承りました」

どうやら蓮珠が皇后として呼び出されたのは、この話があったからのようだ。

「わかりました。では、小官のほうでは、すぐに范言《はんげん》殿に話を通し、急ぎ国内の体制を整えるようにいたします」

李洸が強く頷く。その意気込みを見るに、凌国との国交樹立はかなり急ぎの案件のようだ。もしかすると、翔央が言っていた中央地域の情勢が絡んでいるのだろうか。

「威首長のお言葉添えがあったにしても、なぜ、西凌侯は隣国の華《か》でなく、わざわざ国交のない相国を即位の後ろ盾に？　元々国交があった華国は、幼君と摂政を支持していたのですか？」

蓮珠は、叡明の決裁処理の邪魔にならぬように、翔央にこっそりと尋ねた。

「華国は凌国の政治的内戦状態を表向き静観していた。というか、今の華王は他国の政治に興味ないんだ。誰が王であろうとどうでもいいのだろう。……伯父上は、自国の政治にさえ興味がない人だからな。それは、西凌侯もよくわかっていらっしゃる」

王が政治に無関心とは。しかし、隣国とはいえ相手は国王。ここは、親戚でもない蓮珠がどんな言葉を返すのが正解なのだろうか。蓮珠は言葉を探し、蓋頭の下で唸った。そのわずかな間に、双子の片割れがさらに返答に困ることを言いだす。

「相へ書簡を送ってくるのも相という国への興味じゃない。……甥に……いや、朱皇太后《しゅこうたいごう》の血を受け継いだ存在に興味があるだけだ。僕か翔央に娘が生まれることを待っているんだよ、あれは。どんな手段を用いてでも手に入れるために。まったく、不気味を通り越して、もはや生理的に気持ちが悪い」

叡明が吐き捨てた言葉に執務室内が沈黙する。隣国の王への暴言は、聞かなかったことにするよりないからだ。その中にあって、蓮珠だけは、他の誰とも違う思いを抱えて沈黙を保っていた。

折よく李洸の部下の一人が、執務室に駆け込んできた。室内を満たしていた緊張が、静から動に変化する。

「主上……」

李洸が部下から受け取った書簡を一読し、すぐに翔央に手渡す。受け取った翔央が叡明に視線を流し、渋い顔をしてみせる。

「やれやれ、伯父上の話などするものではないな。……華国が使節団《しせつだん》を寄越すそうだ」

室内の面々の表情が一様に渋くなる。

「なんの使節を送るって？」

叡明は、決裁書類を机上に置くと、書簡を見るべく皇帝の執務机に歩み寄る。

「榴花公主《りゅうかこうしゅ》の件では、相国を騒がせたから、その謝罪のために人を送る、とある。いまさらなんだっていうんだ……」

翔央が叡明に書簡を手渡しながらため息をつくが、叡明のほうは鼻先で笑った。

「それこそいまさらだよ、翔央。あの伯父上が時機なんて読むものか。自分の都合でしか動かないじゃないか。昔から、ね」

　華からの書簡を一読した叡明が、しばし考えをめぐらせてから李洸のほうを見る。

「凌国の件は、一旦後回しにしよう。……李洸、すぐに朝議を招集して華の使者を迎える準備を指示してくれ」

　朝議となれば、翔央も出ていかねばならない。執務机の椅子を立った翔央に合わせて蓮珠も椅子を立ち、彼の襟袖に手を伸ばして乱れを整える。

「おまえたちも出るだろう？」

　翔央の問いに、叡明が首を振った。

「僕は内容を解っているし、今回は欠席。一旦後回しと言っても、凌国からの親書に返信は出さなきゃいけないから、ここに残るよ。それから、凌国との外交の件で打ち合わせをしておきたいので、義姉上には少し残っていただきたい」

　叡明が白鷺宮として、蓮珠に『義姉上』を使うことは珍しい。若干、嫌な予感がする。

蓮珠が慎重に頷くのを見てから、翔央が李洸を伴って執務室を出ていく。部屋の入り口付近に立っている太監は、朝議に出る主上の身支度を手伝うようにと冬来が促して遠ざけた。

執務室には、叡明と冬来、そして蓮珠だけが残っている。

「……それで、わたしを残された本当の理由は？」

「元々、これから話す理由で来てもらっていたんだ。同じく外交儀礼の相談で他の者たちを遠ざけて、話をするつもりだったが……この状況は、良いやら悪いやら」

叡明は、そんなことを言いながら白鷺宮の机に戻っていき、そこに蓮珠も呼び寄せると、蓮珠が最も聞きたくないことを口にした。

「陶蓮《とうれん》、華王に翠玉の存在を知られた」

それこそは、蓮珠の母が最期の瞬間に、これだけはなんとしても避けなければならないと強く言っていたことだった。

「それは……たしかなのでしょうか？」

否定してほしかった。でも、願いはかなわない。

「少し前から華国がこちらを探っている様子があった。だから、先ほどまでは、『翠玉の存在がバレた可能性がある』というつもりだった」

叡明は手にしていた華国からの書簡の最後にある署名を睨みつける。

「だが、この書簡を見て、確信したよ。伯父上はどこからか、死産と聞かされていた朱皇太后の産んだ娘が、実は生きていたことを知ったんだ。でなければ、伯父上が謝罪の使節を送るなんて言い出すわけがない。今回の突然の使節団派遣は、おそらく華国の捜索隊を相国内に入れるための口実だ」

蓮珠の絹団扇の柄を握る手が震える。

なぜ、バレたのか。蓮珠は口から出かけた言葉を飲み込む。栄秋に来て十数年、これまで自分たち姉妹の存在が、華国に気づかれることはなかった。栄秋は、大陸でも五本の指に入る大都市だ。国内外から人が集まり、華国からの商人や観光客もたくさんいる。おかげで、相国人としては身長のある翠玉も、少しは目立つものの際立って背が高くは見えない。栄秋は国内のどこよりも姉妹二人が埋もれていられる場所だった。だからこそ、蓮珠は必死になって二人で栄秋に居られる道を模索してきた。それなのに……。

「その……捜索隊というのは、どのくらい探せば、諦めて帰るのでしょうか？」

「あの伯父上が探せと命じたなら、成果のないまま帰るのは難しいだろう。命は惜しいだろうからな。最悪、こちら側に取り込むことも考えている。うまく丸め込めるような人物が来てくれれば助かるが……」

叡明はすでに翠玉を探しに来る者たちが派遣される前提で、これからどうするかを考えている。国内最高の頭脳は、蓮珠のように未練たらしく『まだ見つかっていない』にしがみついたりはしないのだ。

「それに、今回をやり過ごしたところで、伯父上が諦めるとは思えない。あの人にとって、母上の再来となる存在は、ただ一つの関心事だ。それを手に入れるためなら、恐ろしいほどなんでもするぞ」

叡明の語る華王は、母の言葉から想像していたよりもはるかに危険度の高い人物に思える。嫌がられるとは思ったが、蓮珠は聞かずにはいられなかった。

「わたしは、母から『何があっても、華王にだけは、翠玉を会わせてはいけない』と言われました。過去の華王の訪相時には、まだ下級官吏でしたから、お言葉を拝聴したこともございません。……不敬を承知で申します。華王とは、いかなる人物なのでしょうか？」

案の定、叡明はすごく嫌そうな顔をした。不機嫌顔に定評ある行部《ぎょうぶ》の元同僚にも負けない、渾身の不快顔だった。

「遠慮のなさは変わらないな、陶蓮。……解かりやすく言えば、母上のいない世界を直視できない人だ。母上を亡くしてしばらくしたころに伯父上と話したことがあったが、会話にならなかった。ただひたすら、僕らに母上の面影を探していた。小さな表情の癖、言葉の発音の仕方。あれは、もう、五感のすべてで、僕ら個人を否定して、母上を浮かび上がらせようとしていた」

『僕ら』ということは、翔央もきっと同じような思いをしたのだろう。彼も伯父を語るとき、叡明ほどではないが表情も口調も重くなる。

「あと、人を不快にさせるのが得意でいらっしゃる。それも、大陸一だよ」

この人をして、ここまで言わせるとは。お近づきにならずに一生を終えたいと思わせる人物具合いも、華王は大陸一と見た。

「今の状態になってからは、翠玉が執務室で代筆仕事をすることはなくなりました。時折、皇妃様方の代筆や、わたしへの届け物を持って城内に入りますが、しばらくは仕事を控え、荷物は門番に渡すよう、白豹《はくひょう》さんに伝言をお願いします」

叡明は頷くと、傍らに立つ冬来に視線を向ける。冬来は頷くと、執務室の隣室へ入っていく。すぐに白豹に伝えてくれるのだろう。すでに華国から探りを入れに来ている者がいるらしい。警戒するなら、翠玉に伝えるのは半刻でも早いほうがいい。

「栄秋府にも声を掛けて、官吏居住区の巡回警備を増やすように言っておこう。本当であれば、家人《けにん》も何人か置いておきたいところだな。常に白豹を陶家においておけるわけではないから」

確かに。白豹は皇帝専属の密偵《みってい》であって、陶家で家令《かれい》をしているのは、あくまで翠玉を警護するついでだ。家人を雇うことは、これまでも何度か検討しているのだが、姉妹二人暮らしで、姉のほうはほぼ家に居ない。しかも、家に居たら居たで、隣国の公主が訪ねてきたり、皇室の方がぷらっと寄ったりと、あまりに特殊な家だ。どうしても使用人の人選には、かなり厳しい条件を並べることになる。だから、時間をかけて人を選びたいのだが、蓮珠にはその時間がない。身代わり皇后という仕事は、優雅さとは縁遠い激務である。

「手配のほど、よろしくお願いいたします」

蓮珠は、その場に跪礼した。

「……陶蓮が頭を下げることはない。おまえを巻き込んだのは、こちらだ。おまえだけではない、おまえの家族も含めて、な」

叡明が珍しく弱い声で言う。蓮珠は首を振った。

「いいえ、巻き込まれたとは思っていません。わたしにとって、翠玉は妹であり、家族です。何があっても、絶対に守り抜きます。亡くなりました家族にとっても同じこと。翠玉を守ることに関して、わたしは、あくまで当事者です」

誰か任せにして、祈りを捧げているだけではダメなのだ。翠玉を守るのは、いつだって行動することなのだから。

「そうだね。陶蓮にとって、妹は……家族は彼女ひとりだ。僕にとっても、妹は彼女ひとりしかいない。その大切なひとりを、翠玉本人を見ようとしない隣国の人間になぞ、渡すわけにはいかないよね」

叡明の目に鋭い光が宿る。いつもなら怖いと思い逸らすその目も、今日はまっすぐに見ることができた。

第二章　蓮花、翡翠を振り返る

　夏の夜、邑の異様な雰囲気を察した両親が外の様子を見に出て、すぐに戻ってきた。そのとき、すでに父は片腕を負傷していたが、簡単な止血だけすると再び一人家を出ていこうとする。

「俺が出て、時間稼ぎをする。その間に、お前たちは例の穴を使って逃げるんだ」

　母は、父を引き留めなかった。でも、父が出ていった家の扉を見つめたまま、その場を動こうともしなかった。覚悟を決めた横顔で、兄と蓮珠に翠玉を連れて家の奥にある抜け穴を使うように言った。兄は無言でこれに従い、家の奥へ向かったが、蓮珠は翠玉の手を握ったまま動けずにいた。

　華国生まれで背の高かった母は、少し屈んでから蓮珠の肩に手を置いた。

「蓮珠、翠玉のことお願いね。あなたは、お姉ちゃんだもの、妹のこと、ちゃんと守れるわよね？」

　母の言葉になにも返せずにいると、母が蓮珠を抱きしめた。その時になって、母の背が血濡れていることに気づく。

「お、母さ……ん？」

　蓮珠の声の震えを打ち消す力強い言葉が、耳に注がれた。

「翠玉と逃げなさい、逃げ切りなさい。あの男の手が、決して届かないところまで」

自分たちに逃げろと言う母本人は、逃げるつもりがないのだとわかる。そのことをどう自分の中で処理すればいいのか、蓮珠はわからなかった。わからないまま、母が蓮珠を腕の中から解放し、兄のほうへと背を押す。なにもわからないのに、ただ振り返ってはいけないことだけは理解していた。

蓮珠は嗚咽を飲み込むと、翠玉の手を握りなおして、家の奥へ向かう兄の背を追った。どこからか家を焼く炎が拡がり、壁も柱も紅く染まっていく。立ちすくむ蓮珠の手を、兄が引く。自分にも他人にも厳しい兄は、足を止めることを蓮珠に許さなかった。

「蓮珠、記憶力のいいおまえなら、僕が言ったことを覚えているよな？　……翠玉を守るのは、おまえの行動だけだ。ここから先は振り向くな。翠玉と二人、できる限りこの邑から離れるんだ。いいな？」

火炎が立てる轟音の中、大きくもない兄の声は、なぜかしっかりと蓮珠の耳に届いた。戦禍《せんか》を避けるために作られていた邑の外へ通じる抜け穴へと蓮珠を押す手は、最後の最後まで優しかった。

「生きてくれ。おまえと翠玉が逃げ延びたなら……そしたら、僕たち家族の勝ちだ」

それを最後に、兄は穴をふさぎはじめる。あれほどうるさかった炎の音が遠く、小さくなっていく。

「お姉ちゃん……、お兄ちゃんは？」

蓮珠に問いかける翠玉の声は、嗚咽交じりにかすれていた。入り口が埋まり、抜け穴は真っ暗だ。蓮珠は、そのことに感謝した。翠玉の泣き顔を見たなら、きっと自分の足も止まってしまう。

「ついてきて、翠玉」

暗闇の中、手繰り寄せた小さな手を握り、蓮珠は、兄のことは口にせずそれだけ言って、天井の低い抜け穴を屈んで歩きだした。幼い頃、兄とのかくれんぼで何度も使ったことのあるこの抜け穴は、真っ暗であっても出口を目指せる。進んだ先は邑を囲む林の中だ。邑の火が燃え移る前に、その林も抜けなくてはならない。

足を止めてはいけない。振り向かずに進まねばならない。動かなければ、翠玉を守ることはできない。翠玉を守るのは蓮珠の行動だけだ。兄の言葉が前へ進めと蓮珠を促す。

それは、蓮珠の心に深く刻まれた、呪いにも等しい言葉だった。


蓮珠は玉兎宮の裏庭に出て、夏の夜を見上げていた。

叡明に言われるまでもなく、蓮珠は華王に翠玉を渡すつもりはない。それだけは、なにがあっても避けなければならないことだ。

「月を睨むなんて、どうしたんだ？　我が后よ」

振り返れば、皇帝のお渡りであった。蓮珠は、慌ててその場に跪礼すると、威皇后として皇帝を迎える姿勢を整える。

「主上、お迎えにも出ず……」

「よい。……誰か、酒を。今宵は、皇后と裏庭の月を眺めて呑むとしよう」

玉兎宮の女官たちが慌ただしく動く。玉兎宮の裏庭を眺める軒先に椅子と卓が用意された。運ばれてきた酒器を手に皇帝と皇后だけの月見が始まる。皇后の侍女筆頭の紅玉と次席の玉香は少し離れて控えていた。それでも、翔央は皇帝として、皇后に改めて問う。

「それで、我が后よ。どうした？」

「華国の使節がいらっしゃると聞いたからでしょうか。少し、榴花公主様や朱景《しゅけい》殿から華王様のお話をお聞きした時のことを思い出しまして」

蓮珠は、そこまで言ってから少しためらった。これまでも何度か翔央と華王のことを話したことがあった。彼もまた片割れと同じくらい、伯父のことを良く思っていない発言をしている。それがわかっていて、華王のことを話題にするのは、どうなんだろうか。蓮珠が翔央の表情を窺うと、やはりあまり機嫌がいいとは言い得ない表情を浮かべている。

「朱景殿は……結局、おまえとどういう関係だったんだ？」

「あ……そういう話ですか」

そういえば、落ち着いたら朱景のことを話すと言った気がする。ただ、あのあとも色々落ち着かない日々を過ごしてきたから、話す機会がないままだった。

「わたしの母が華の出身であることは、以前何かの折にお話しさせていただいたと思うのですが。簡単に言うと、その母方の親類なんです」

蓮珠がそういうと、翔央の表情が変わる。

「蓮珠の親戚なのか、あの榴花公主の侍女に扮していた男が。……で、その『簡単に言うと』ってのは、なんだ？」

翔央が首を傾げながら、蓮珠の言葉遣いに表れた、わずかな迷いを拾いとる。

少しの違和も聞き逃さない人だと、蓮珠としては苦笑いするよりない。

「お互い、だいぶ前に『生家』と呼べるものを失っていたので、血の繋がりを証明するものはなにもないんです。ただ、お互いが親兄姉から聞いていた話を総合すると、親戚らしいというだけで」

朱景との繋がりを調べたところで何も出てこないことを強調しておいた。さすがに、翔央の伯父が潰した朱家の生き残りだったというのは、知らないほうがいいだろう。

「なるほどな。……先王の晩年から、華国の内情はあまり良くないからな。伯父上は先王嫌いの上に、本人は政治に興味がないから国民の暮らしが良くなったとは言い難い」

「先王がお嫌い、というのは？」

苦手なものがあるのなら、知っておきたいと思って尋ねれば、翔央は眉根を寄せた。

「聞いて楽しいものではないし、俺たちが生まれる前のことだから、本当に正しいかはわからない……という前提の話だからな」

翔央はそう蓮珠に念押ししてから、正史には到底載せられない華国の裏話をしてくれた。

まだ、華の先王の御代だった頃のこと。先王は、信頼する星見から『いずれ子に玉座を奪われる』と告げられる。これを恐れた先王は、当時数十人いたと言われる王子全員に死を与えた。

そもそもどうして数十人も王子がいるかといえば、華国は代々皇妃が多い国だが、とりわけ先王は、とにかく好色で知られる王で、王都永夏《えいか》の梧桐《ごどう》城がやたらと広いのも、先王が多くの妃とその間にできた子を住まわせていたからだという。先王は、美女を見れば手に入れたくなる性分で、それがすでに夫を持つ女性であってもお構いなしに奪った。しかも、一度手に入れた美女を手放すこともなかった。そのため、広い梧桐城の大半が後宮で、そこには三千人以上の妃嬪と女官たちが居たと言われているほどであった。

朱皇太后の母妃——双子にとって母系の祖母にあたる——は、凌と華に接する中央地域東南の集落、巽《そん》の女性だった。そこでは、高大帝国の崩壊時に難を逃れた皇族の末裔たちが、高貴な血統を絶やさぬように非常に閉鎖的な集落を形成していた。

そもそも朱皇太后の母妃は、この集落を治める者の妻だった。華の先王は、この女性を手に入れるためにまず集落を武力で潰し、身重で思うように動けなかった女性を王都に連れ帰った。

今の華王は、この時母妃の腹の中にいた子どもであり、華の先王の血は継いでいない。しかも、先王は自分の子ではないこの子どもに興味がなかったため、妃から生まれたのは女児であると言われるとそのまま信じ、その存在をとくに気にも留めていなかった。そのため華王は死を賜ることなく、梧桐城の片隅で先王の寵妃《ちょうき》の娘としてひっそりと育っていった。もちろん、正式な公主としてではない。

結果として、華王は、梧桐城で生まれ、生き残った唯一の男児になったのである。

華王は、母親の華国への恨み言を子守歌に育った。母が先王に心を許すことなく、常に警戒していたのを間近で見ていた。やがて、母妃は妹を出産して亡くなる。妹を託された華王は、父親が違う同腹のこの妹は母妃が自分に遺した存在と位置づけ、やがて、この妹を娶《めと》るのは自分だと思うようになった。

それは華王の中にある集落の濃い血のせいかもしれない。あるいは、母妃が繰り返した先王への恨み言のせいだったのかもしれない。華王は華国に育つも、その思考は異集落の民のそれだった。高貴な血の継続を重んじ、集落が潰された以上は、同腹の妹との間に子を生《な》して、血を正すよりないと考えていた。

華王にとってただ一つの誤算は、同腹の妹のほうは生まれた直後に母妃と死別し、華国の常識の中で育っていったことだった。華国においても、兄妹間の近親婚は禁忌である。妹にとって華王が姉ではなく秘密の兄だったと知ったところで、彼女にとって同じ母親を持つ兄弟でしかなく、その執念じみた想いには到底応じられなかったのだ。

公主だけが生き残った華国で、先王は実の子でなければ玉座を奪われまいと考えて、公主の一人を相国に嫁がせ、そこで生まれた男児を後継者にしようと決める。

この話を聞いた朱皇太后は、侍女と結託して、兄にバレないように相へ嫁ぐ話を進めた。ほかの公主は相国を下に見ていて、嫁ぎたいとは思っていないことも幸いし、朱皇太后は、侍女だけを伴って相国へと嫁いでいった。

完全に本人の意志だったが、華王はそう思わなかった。妹を相国に放り出した先王に憤り、これを討つため、先王の政治に不満を持つ者たちを集めて焚きつけ、ついには先王排除に成功する。そして、本人は、梧桐城内に生まれ、生き残った唯一の男児として玉座を得た。政に興味なんてなかったが玉座は欲しかった。いずれ相国に嫁いだ妹が女児を産めば、慣例としてその女児は、華王に嫁いでくるはずだからだった。

華王は、いまだに妃を迎えていない。穢《けが》れを正すのは、妹の血筋にある者だけだと決めている。だから、朱皇太后が女児を産まなかった以上、その血を引く叡明か翔央の元に女児が誕生するのを待っているのだ。


隣国の王の隠された生い立ちは、蓮珠が想像していた以上に陰鬱なものだった。

嬉しくもないことだが、華王を駆り立てるものの一端は、蓮珠にもわからなくもなかった。高貴な血筋を紡ぐ閉鎖的な集落と、どこにでもあるような山間の邑の差はあれども、蓮珠も抱き続けている、生き残ってしまった者の罪悪感や義務感に、華王も囚われているに違いない。おそらく朱皇太后のことがなくても、華王はいずれ先王を討っただろう。朱皇太后のことは、その日の訪れを早めたに過ぎないのだと思う。

だが、わかるような気がするのは、それだけだ。他者を踏みつけにしてでも己の妄執を達成しようとするその心の深淵はわからないし、わかりたくもない。

「……朱景殿が、華王のことを『怖い方』だとおっしゃっていましたが、もはやそれだけで済むような方ではないのですね」

さすがにハッキリと『気持ち悪い人だ』とは言えず、蓮珠にしては控えめな表現を使った。まさか、叡明と翔央の娘を手に入れるためだけに玉座に就くとは。だが、同時に思う。当然ながら、朱皇太后が産んだ女児が生きているのなら、迷うことなく、その女児を手に入れようとするだろう。血の混じりは少ないほどいいと、そう考えるだろうから。

叡明が、華国の動きを強く警戒し、探らせていたのも無理はない。翠玉が見つかれば、華王はなにをしてでも手に入れようとするに違いないからだ。

「母上は、俺たちを産んだ後、実は何度か流産している。……俺は、それを『母上を皇后にしたくない勢力の手によるもの』だと思っていたが、最近になって、伯父上に子を奪われるかもしれない心労もあったのではないかと思うようになってきた。以前から、伯父上は尋常じゃない量の手紙を送ってきていた。武官のときは城に居ることが少なかったから、叡明が選別して処分していて、内容までは知らなかったんだ。だが、いまは、俺もずっと執務室にいるからどうしても手紙が届けば、最初に目にすることもある。そこには、時候の挨拶だけではなく、不快になる内容も含まれている。……娘が生まれたら、自分が娶るとかなんとか、な。母上にも、同じような手紙が送られてきていたのではないかな」

翔央は薄雲に見え隠れする月を仰ぐ。今はもういない人の面影を探す横顔が、蓮珠に痛みを思い出させる。生き残った者の罪悪感と義務感は、翔央の中にもあるのだ。初陣の敗走より古く深いところに、朱皇太后の死もまた刻み込まれているのだろう。

「叡明と俺が五歳になるぐらいまでは、妃位のままか皇后になるかでもめる後宮であっても、母上は結構たくましくお過ごしだったらしい。なにせ、元々は女傑《じょけつ》と呼ばれたくらいの方だからな。だが、母上は亡くなる数年前から病の療養で都を離れることが多くなり、以降、俺たちの養育は姉上の母后に委ねられることになったわけだが……これが、華国で伯父上が玉座に就いてから、少し経ってのことなんだ」

朱皇太后は、相に嫁ぐことで兄の妄執から逃げ切ったつもりでいたのだ。それが、何年も経ってから、再び絡みついてきた。どれほど怖かっただろう。

「お辛かったんですね。病んでしまわれるほどに」

「そうだな。俺は、叡明ほど幼い頃のことをはっきりと覚えているわけじゃないから、記憶の中の母上は、病み衰えたお姿しかない。姉上あたりから強く美しい人だったと言われても、あまりピンとこないくらいだ。……情けない話だが、子ども心にその姿が怖くて、気安く近づくことができなかった。さぞ、薄情な息子だと思われていたんだろうな、母上のほうも俺を呼び寄せることはなかった」

蓮珠の記憶の中の朱皇太后も、やはり病み衰えたお姿だった。

でも、目が合った蓮珠に微笑んでくれた。とても儚いものではあったけど、朱皇太后は死期が近づいていたあの時も笑みを失ってはいなかった。

「この子は、あなたの妹よ。大切にしてね」

掠れた弱々しい声だった。でも、たしかに微笑んで、蓮珠にそう言ったのだ。

「薄情だなんて……、そんなこと思っていらっしゃらなかったと思います。きっと、我が子たちこそは、逃げ切ってほしいと願っていたんじゃないでしょうか。苦しみは、自分ひとりが背負えばいい、子の誰にも、それを残していくものかって。だから、お呼び寄せにもならなかったのでしょう。自らが華王からの盾になろうとなさって」

翔央が小さく笑った。

「なるほど、それでこそ女傑と呼ばれた人だな。……なんだか、蓮珠のほうが母上のことを良く知っているみたいな感じだな」

蓮珠は慌てた。会ったことがあると知られるのも問題だが、亡き皇太后の心情を一介の女官が口にするなど、とんでもなく不敬なことだ。

「えっ……、その、あの蒼妃《そうひ》様が『強く美しい』とおっしゃったくらいですから、どれほど病み衰えても、最期の最期までお強い方だったのではないかと、そう思いまして」

言ってから、これも十分蒼妃に対して不敬だと思い、もう沈黙するよりなかった。

反省姿勢で俯き、押し黙った蓮珠の酒器に、翔央が新たな酒を注ぐ。

「そう俯いていては、月見酒にならないぞ」

顔を上げろと、やんわり促す翔央の声が優しい。

「安心した。おまえもこちら側だな。……官吏の中には、それで華国との関係が安定するなら、娘を差し出せばいいと言う者もいるだろうから」

翔央の言うような考えを持つ官吏は確実にいるだろう。官吏だけではない、多くの相国民も、皇室の婚姻には政治的な意義が伴うことを求める。

相威の和平の証として、蟠桃公主《ばんとうこうしゅ》が威に嫁ぐことになっても、反対する官吏などほとんどいなかった。官吏たちの議論の対象となったのは、あくまでも、威国と和平を結ぶのか、戦争を続けるのかだけだった。栄秋の人々にしたって、威へ向かう蟠桃公主の馬車を大声援で送り出した。そこには、婚姻によって相国へ安定した平和や利益がもたらされることへの期待がある。蟠桃公主が蒼太子に嫁ぎ、蒼妃となって帰国した清明節での市民の盛り上がりには、公主の役を果たしていることへの評価が伴っていた。

もちろん、同じことは、皇族でなくてもある。上級官吏の娘は皇妃になることが多いし、息子であっても同じ派閥内の結束を固めるため、もしくは、ほかの派閥と協力関係を築くために婚姻を結ぶ。これもまた政治的理由による婚姻と言える。政治から離れても、商人は販路の拡大や独占のために、農民は農地の拡大や広さの確保・維持のために婚姻を結ぶことがある。ただ、ほとんどの場合、国内での婚姻である。相国の公主の婚姻だけが、最初から国をまたぐことを前提にしている。

「だいたい、伯父上は父上と同じ御年五十歳だ。それで叡明か俺の娘待ちとか、冗談が過ぎるだろう。……父上と小紅様《しょうこう》のときでさえ、小紅様が当時の末子だった俺たちより一つ年下だったので、年齢差がありすぎると大問題になったのに」

今上《きんじょう》帝の末弟で先帝の末子である雲鶴宮明賢《めいけん》の母妃は、華国から嫁いできた小紅様で、年齢は蓮珠と同じはずだ。朱皇太后によく似ているという話を聞きつけた先帝が積極的に華に働きかけて娶ったというこの婚姻は、なんと朝議には事後承諾だったという。それもあって朝議では、これを認めるか認めないかで長くもめたのだ。当時まだ新人下級官吏だった蓮珠が聞いたところでは、もめているうちに小紅様の懐妊がわかり、朝議も認めざるを得なくなったらしい。

「小紅様は、華王の母方の遠縁の方だったのですよね？」

「ああ。閉鎖的な巽《そん》集落にも外に出たがる者はわずかながらいたらしい。簡単に言うと、巽集落を離れた家の何代目かの娘なんだと。伯父上が華王になって行なった巽集落の生き残り探しで見出したという話だ」

「でも、相国に嫁がせたんですね」

華王が、朱皇太后に似ていると言われていた小紅様が相に嫁ぐのを許したのは、小紅様が男児でなく女児を産むことを期待してのことだったのだろうか。

「聞いた話だと、伯父上は叡明か俺の嫁になると思って送り出したようだ」

結局、双子の娘待ちだったということか。

「でも、呉太皇太后の許しが出なかった。妃を送り込むなら、慣例通り相国公主を娶れと華国の使節に返答したそうだぞ。無論、伯父上は無視した。華国との慣例がある以上、姉上を華国以外に嫁がせることもできなかった。相国唯一の公主でありながら、姉上の婚姻が長く決まらなかったのは、伯父上のせいではあるが……、姉上の今を見るに、良い結果につながったな」

蓮珠は大きく頷いた。

先帝唯一の公主だった蟠桃公主は、相国と威国の戦争が終結した五年ほど前に、和平の証として威国の蒼《そう》部族の太子に嫁いだ。蒼妃と呼ばれるようになって初の帰郷となった今年の清明節では、その夫婦仲の良さを見た栄秋の民が、二人を題材にした恋の詞を作り、大流行したほどだ。

「蒼妃様は、良き方とご縁がありました。公主として他国へ嫁がれましたが、お幸せそうでなによりです」

翠玉にも、そんな縁があるというなら、蓮珠も安心もできるのだが。だが、翠玉の存在を知っていても、先帝も今上帝も公主として世に存在を知らしめようとは思っていない。蓮珠も含め、誰も公主としての翠玉では、慣例に囚われ、幸せになることを想像できないからだ。

「伯父上にも、それまでの考えが変わるくらいの良き出逢いがあったならよかったのに」

翔央が、ボソッと呟いた。

「それは、たしかに……。妄執を吹き飛ばすくらいの強烈な出逢いがあったら、万事解決ですものね」

蓮珠としては、目からうろこだった。

手にした酒器の底を睨み、蓮珠は考えてみた。もし、華王が朱皇太后の影を追うことから、別の誰かに目が向くことがあるなら、翠玉は、今よりももっと自由になれるはずだ。翠玉は、すでに成人している。本来ならもっと自分のしたい仕事を選ぶことができるし、住む場所だって蓮珠と一緒じゃなくてもいい。

公主じゃない道を歩んでいる今の翠玉だからできることは、たくさんあるはずだ。だが、どうしても華王の存在を意識せざるを得ないから、蓮珠は翠玉の行動に一定の制限をかけなければならなくなるのだ。

「どれくらい強烈な出逢いなら、華王に翠玉のことを諦めさせられるでしょうか。やっぱり主上と冬来殿級の運命的なものでないと、難しいですかね？」

唸るように尋ねれば、翔央が苦笑を浮かべてから、蓮珠の逸《はや》る気持ちを落ち着かせるように、ゆっくりとした口調で返した。

「なにも強烈な出逢いでなくても、それまでの考えは変わるぞ。……俺は、自分が誰かとずっと一緒に人生を歩みたいと思うことなんて一生ありえないと思っていたよ。蓮珠、おまえに会うまでは」

翔央は、蓮珠に目を合わせて微笑んだ。先ほど思い出していたせいだろうか、今まではそれほど意識していなかったのに、翔央と朱皇太后の微笑みが重なる。

「生涯をこの国のために捧げる考えは変わらない。でも、その傍らには、おまえに居てほしい、いまではそう思うようになった」

翔央の良く通る声は、静かに話す時には、心に染みこんでくる気がする。

「翔央様……」

翔央が卓越しに手をのばし、酒器を持つ蓮珠の手の甲を撫でる。

「冷えているな。夏とはいえ、夜は涼しい。そろそろ部屋に戻ろうか？」

翔央がそんなことを言うから、夏の夜風に冷えていた蓮珠の頬が甘い熱を帯びた。

「…………はい」

蓮珠は空の酒器を卓上に置くと、椅子を立った翔央を追って、寝所へと戻っていった。


玉兎宮に、急ぎの用件で隻眼の白鷺宮とその護衛の冬来が訪れたのは、華国の使節団が来るという三日前のことだった。

「お珍しいですね、白鷺宮様が玉兎宮にいらっしゃるなんて」

急ぎの用件でなくても、叡明自ら蓮珠がいる時の玉兎宮を訪ねてくることは滅多にない。冬来だけ話しに来る場合が、ほとんどだ。よほどのことがあったのだろうと、叡明を迎えると、蓮珠は紅玉と玉香に人払いをお願いした。

「皇后を白鷺宮に呼び出すわけにいかないからね」

叡明は、卓上に茶が並ぶよりも早く、冬来から紙と筆を受け取り筆談に入った。

「あちら側が、この人物を探している」

それだけ言って紙に書かれたのは、例によって例のごとく、筆の試し書きを思わせる波線と破線混じりの何かである。

読解できない個性的な字を書く叡明は、根本的に筆談向きではない。ここは、白鷺宮として、玉兎宮の皇后に会いに来たのだから、多少の不敬はお許しいただこう。

「白鷺宮様としていらしたのでしたら、文字も白鷺宮様らしくお願いしたく……」

「なんだ、僕の字が読み書きできるようになったと聞いていたのに」

それは『あとは任せた』の一文だけの話で、叡明のどんな字も読めるようになったわけではない。しかも、その一文だって書けるのは翔央であって、蓮珠には無理だ。

「定型の一文のみです」

「残したくないからこのほうが良かったんだが、仕方ない」

そう言って叡明は、紙の端に小さく何かを書き付けた。

「どこに何が潜んでいるかわからないから、これで」

手に持たされたのは、例の半球体の水晶だった。

「もう書く技を習得されたんですか?」

李洸は小さな文字を書く技術者を養成するにも、それなりの時間を要するようなことを言っていた気がするが。

「初めて目にしてから数カ月経っているんだから、当然じゃないか?」

いやいや……と反論しようとするが、半球体の水晶に浮かび上がった文字に、蓮珠の思考が止まる。

「覚えがありそうだな」

水晶に映し出された『朱黎明《しゅれいめい》』の文字から視線を離せぬまま、蓮珠は叡明の問いかけにぎこちなく頷いた。

「二つ確認したい。まず、この人物は、すでに亡くなっているな？　次に、この人物は、途中で名前を変えていて、亡くなったときはこの名前を使っていなかったのではないか？」

「……どちらも、そのとおりです」

蓮珠は短く応じた。確認だけなら多くを語る必要はない。

朱黎明は、蓮珠の母のかつての名だった。

蓮珠の母は『白渓の悲劇』で亡くなっている。ただし、白渓に朱黎明という名の女性がいた記録は、相国内のどこにもないはずだ。邑には慰霊碑があるだけで個人の名を刻んだ墓などないから、誰も気づくことはないだろうが、朱黎明は相国の男性と婚姻を結ぶために、相国に嫁いだ元主である朱皇太后に相国民としての戸籍を作ってもらっていた。

相国に帰化した朱黎明は、朱皇太后から相国民としての名も賜った。蓮珠が朱黎明の名を知っているのは、翠玉を預けるために訪ねてきた朱皇太后が、母をそう呼んでいたからだ。それに、その名前を知っていることだけが、何もかもが焼けてしまった邑から都に出てきた蓮珠が、翠玉の出生の正しさを先帝に奏上するための唯一手元に残された証《あかし》だった。

榴花公主とのお茶会でその名前が出たとき、その名の女官の所在を調べる件を、皇后として自分預かりにした。皇后が確認すると言えば、他の者は手を出さない。その直後にお茶会に乱入者が現れたこともあり、あの場に居た他の皇妃たちが調べようとする様子もなかった。

「どうやってお調べになりました？　記録は……すでになかったはずです」

万が一にも皇帝のお手付きになったときのことを考え、後宮の女官については名前以外にも、出身地や生家の情報、どういった教育を受けてきたかなど、雇う時にそれなりに調べ上げる。それらの情報もたいていは残っているものだ。

だが、蓮珠が皇后の権限を使って調べても、かつての母の痕跡は見つからなかった。わずかに残っていたのは『朱皇太后が華国から嫁いできた際に連れてきた侍女がいた』というものだけだ。どうやら、当時の後宮の最高権力者であった呉太皇太后が、隣国の侍女を快く思わなかったようで、早々に追い出したらしい。

「簡単だ。先帝の御代の話なのだから、先帝に確認すればいい」

なるほど、たしかにそれは、蓮珠では無理な方法だ。後宮内であれば、身代わりであっても皇后の権限で入れる文書保管庫はあるし、読める記録文書もある。だが、上皇宮にいらっしゃる先帝に会おうとなれば、本物の皇后であっても公的許可をいくつも経なければならない。身代わりの身で秘密裏に上皇の話を聞くことは不可能だ。

「そこまでご存じならば、確認する必要もないのでは？」

「お前がどこまで知っているか、どこまで調べたかを知る必要はある。同時にこれは警告だ。どこの誰とは言わぬ誰かさんが、この名前の者を探している。それだけで、誰が探しているかも、その理由も、我々であれば言わずとも解かる……でしょう？」

なぜこの人は、二兎を追って三兎を得られる人なのだろうか。

「……あちらは、この人物を探してどうしようと？」

「僕と同じで、当時を知る者に本命について確認するのではないかな。李洸が君を調べた限りでは、白渓の出身であることまではわかっているが、両親の名前は出てこなかった。福田院《ふくでんいん》（養護院）に入る戦争孤児にはよくあることだから、それ以上は調べていないが、たとえ調べても、この名前の人物が相国内に居たことさえも出てこないんだろう？」

蓮珠は小さく頷いた。

「そこまでできるとしたら……父上かな？」

「おそらく。……少し古い話になりますが、朱皇太后様の立后式の折、父と都に来たことがあります。父は母から預かったものを、都のどこかに確実に届けるために白渓から出てきたのです」

　叡明は少し考えてから、納得の行った顔でため息をつく。

「あの時か……。なるほど。父上は何もおっしゃっていなかったが、その時点ですでに娘が白渓にいることを把握していたんだな。呉太皇太后が承認したとはいえ、母上の皇后追贈は、朝議がかなりもめたと聞いている。すぐには動けないと判断して、成人まで預ける約束をしたのかもしれない。同時に父上は、その存在が彼女の名から辿られないように、国内の記録からこの名前をことごとく消し去ったわけだ。まあ、白渓の邑がなくなって、自身も娘の居所を見失うことになるとは思っていなかっただろうけど」

　叡明の指先が半球体の水晶を指し示す。ここまでは、これまでも時折考えてきたことだ。たしかに、先帝は、国内の目から翠玉を隠すことには成功した。

「威との戦争が終わっていなかった頃の片田舎の邑です。戸籍帳簿もいいかげんだったのでしょうから、母はどこからともなく現れても、難なく相国民になれました。ですが、母を送り出した華国側は違います。母が相国へ渡り、その後華国には戻ってきていないという記録が残っているはず。実際、朱景殿は母が相国の皇城にいると思っていました。……ただ、不思議なことが。朱景殿はわたしと年頃があまり変わりません。母が華国を離れたときの記憶があるはずがない。なのに、しっかりと母の名を覚えていた。朱景殿は、幼いころに家族と離別しているにもかかわらず……です。これは、親戚であること以外の理由で、その名前と所在が彼の前で何度も話題に出たからこそ、母の名が朱景殿の記憶に残っていたのではないかと思います」

そして、その名前が朱景殿の前でよく出された理由には、華王がかかわっているはずだ。しかしなぜ、今になって、翠玉を探すに至ったのだろう。

「……伯父上がどこからなにを知ったのか、だな」

苦々しく叡明が呟いた時、正房《せいぼう》の扉が開き、玉兎宮の厨房を担当する女官が茶を運んできた。茶器を置く場所を確保するように見せて、叡明が卓上の紙をすばやく退かす。

「使節団をお迎えする宴の進行、確かに把握いたしました。お心遣いありがとうございます、白鷺宮様」

蓮珠は、紅玉でも玉香でもない女官を前に、会話が不自然に途切れないようにした。

女官が離れると叡明が紙を戻す。蓮珠は整えられた爪先に墨をわずかにつけると、できる限り小さな文字で紙の端に『警護は？』と綴った。

「華の使節団のご到着予定はお変わりなく？」

口では、客人を出迎える皇后としてそう問いかけながら、蓮珠の視線は水晶の半球体が映し出す文字に集中していた。

「華国からの客人は、白龍河を船で上ってきます。風によっては予定より早くご到着される可能性もあり、外交担当である礼部《れいぶ》は諸々の準備を急いでいるそうです。栄秋内の防犯強化も必要ですから、栄秋府《えいしゅうふ》は巡回警備の人員を増やすと聞いております」

叡明は、そう答えながら紙に『欧閃《おうせん》に話を通してある』と書いた。欧閃とは、双子の幼馴染で栄秋府の役人である。

「義姉上は、最初の歓迎の宴に出ていただければ、問題ありません。今回の訪問は謝罪の使節のみで、王族の訪問はありませんから」

訪問目的は厄介だが、身代わり皇后として表に出る回数が少ないというのは幸いだ。

「飛燕宮《ひえんきゅう》妃《ひ》様も表に出る必要がないですから、お身体を休められますね」

蓮珠は多方面に安堵して微笑んだ。

飛燕宮妃である呉《ご》淑香《しゅくか》は、今朝の朝議で懐妊が発表された。冬至の頃にご成婚されてから半年ほどになるが、国内は落ち着かぬことが続いたので、大変喜ばしい報せだ。要求したわけでもないのに華国から謝罪の使者がくることに、やや殺気立っていた宮城内も少し緩んだ空気になった。

「まあ、誰が来たところで、今のあの国には正式な王族の女性がいないので、我が国の女性皇族が外交に駆り出されることはありませんよ。ご安心を、義姉上」

珍しくも、叡明が眼帯のないほうの目元を和ませている。叔父になることは、この方であっても嬉しいようだ。翔央も祝いの品選びに気合を入れていたし、十歳を待たずに叔父になる雲鶴宮明賢に至っては、さっそく赤子をあやす練習を始めると宣言するほどの喜びようで、その教えを請いに玉兎宮にも何度か来ている。蓮珠は翠玉だけでなく、福田院の子どもたちの面倒も見てきた。その経験から、抱き上げ方や子守歌を明賢に教えていた。

相国の皇族兄弟はもともと仲が良い。その内実を知らない官吏などは、皇位継承権を放棄している飛燕宮秀敬《しゅうけい》と、失脚した呉家の娘である呉淑香の間の懐妊で政治的には波風が立たないため、表面上仲良くしているだけだなどと口さがないことをいうが、それは事実ではない。

実のところ、大逆を働いた英芳でさえ、根底では最期まで兄弟を思いやる気持ちを捨てられなかったのだと、蓮珠は思っている。

「ご懐妊のこと、蒼妃様にも、もう御報せなさったのでしょう？」

「ええ。朝議での発表は今朝でしたが、威国の姉上には一足早く昨日のうちに報せを出してあります」

言いながら叡明が席を立つ。蓮珠も見送るために席を立ち、出入り口に控えていた冬来が正房の扉を開く。

「ふふ、蒼妃様は、本人が祝いの品を持って馬で駆けつけてきそうですよね」

蓮珠が言うと、叡明だけでなく冬来も同意の笑みを浮かべた。

そこに、玉兎宮の正門から玉香が走ってくる。

「皇后様、大変です。ご本人がいらしたそうです！」

思わず叡明と目を合わせる。

「いや、いくらなんでも早すぎだろう。まだ、報せが元都《げんと》に着いてもいないだろうに」

叡明が蓮珠の考えを否定し、玉香の到着を待つ。走りこんできた玉香は、そこに叡明と冬来がいることに驚き、すぐさまその場に跪礼した。

「申し上げます。栄秋港より早馬。華国からの船団が予定より早く到着。さらには、鳳凰《ほうおう》旗《き》を掲げているとの知らせにございます」

蓮珠の手にしていた絹団扇が石畳に落ちる。

国の守護獣を自身の旗として掲げることが許されているのは、玉座にある者だけだ。

「なるほど。当時のことを最も知る当事者……華王本人が来たわけか」

叡明が、翔央とよく似た表情で皮肉を呟いた。

第三章　蓮花、翡翠に寄り添う

栄秋の街門から宮城へと続く大通りを、ひときわ豪華な轎《きょう》がゆっくりと進んでくる。紅に金糸で縁取りをした巨大な旗には、翼を広げ、周囲に集まった栄秋の民を睥睨《へいげい》する鳳凰が描かれている。掲げられた鳳凰旗を見送る栄秋の街の人々が沸き立つ。

玉兎宮で早馬の報告を聞いて、急ぎ白奉城《はくほう》の門に確認に向かった叡明が白鷺宮として大きな声を上げた。

「急ぎしたくを！　華王のお出ましである！」

予定より三日も早い到着に、外交に関係する部署の者もそうでない者も、誰もが慌ただしく宮城内を駆け回っている。その混乱に乗じて、女官服の元官吏が一人、そっと西門を出たことに、誰も気づくことはなかった。

栄秋の民は、基本的に騒ぐのが好きだ。この大陸でも五本の指に数えられる大都市となった栄秋には、各地から多くの人が集まってくる。お祝い事となれば、なおさら総出で盛り上げようとする。

今回は芸術に長けた華国にあやかって、街中で音楽や工芸品を扱う催しが行なわれていた。

「まあ、外交窓口要員、ただし、威国担当には、出番のない話だけど」

蓮珠は、街の喧騒を自宅で聞きながら呟いた。

騒がしい大通りから少し離れた場所、宮城の西側一帯は、官吏居住区《かんりきょじゅうく》となっている。官位が上であるほど白奉城に近く、家の規模も大きい。その一角、本来であれば従三品《じゅうさんぴん》の官吏だった者が住める規模ではない大きな家に、元上級官吏だった陶蓮珠が妹の翠玉と二人で暮らしている。表向き官吏を退き、玉兎宮付きの女官となった蓮珠だが、まだこの家から追い出されてはいない。確認すると、主上の口添えによるものではなかった。元々失脚した官吏の家で縁起が悪いと言われていたところに、次の住人となった蓮珠も官吏を辞めたものだから、誰も住みたがらないのである。空き家にするよりは、まだだれか住んでいるほうが家が傷まなくてよいというお達しで、とりあえずいまだに住んでいる状況だ。

「ここまで大通りの騒がしい声が聞こえてくるなんて、すごく盛り上がっているよね」

翠玉が手元から視線を上げずに呟く。姉妹は食卓に並び、庭で収穫した枝豆を鞘《さや》から取り出す作業中だ。

「翠玉もお祭りに参加したい気分になる？」

翠玉の言うとおり、遠くから陽気な人々の歌声が聞こえてくる。裏事情はどうあれ、皇帝からの自宅待機命令にて外に出ない自分につき合わせて、家に引きこもり状態だ。蓮珠としては、翠玉がどう思っているか大いに気になる。

「……ん～、ならないかな。だって、突然王様が来ちゃったんでしょう？　そういうのって、お城の人たちからしたらすごく迷惑だよね。国賓《こくひん》を迎える側にも、格《かく》に応じた準備が必要なのに」

翠玉が答えたところで、どこからともなく新たな枝豆が籠に積み上がる。陶家の姿なき家令《かれい》・白豹が、庭から収穫してきたようだ。

「おお、さすが元礼部《れいぶ》官吏の妹殿。よくわかっていらっしゃる」

天井のあたりからそんな声がかかる。白豹の本業は、相国皇帝に代々同じ名前で仕えている密偵《みってい》である。叡明が他の誰にも知られることなく翠玉を守るために、この家に派遣したわけだが、なぜか姿を見せない家令として、この家の諸々を管理してくれている色々な意味でありがたい存在だ。

「ほんとうにね。華の方々も自分たちがやられた時のこととか想像して行動してほしいけど……。まあ、あの国が自分たちの格上として接待する相手国なんて、もう百年以上存在してないから、わからなくなっちゃったのかな」

姉妹が鞘から取り出した豆で、家令が豆餅《まめもち》を作ってくれることになっている。歴史と政治の話をしながらも、手はせっせと豆を押し出していた。

「そっかぁ。華国にとって格上の国なんて高大帝国だけで、それはもう百五十年も前になくなっちゃったんだものねぇ。同じ高大帝国から封土を受けた淩国は同格だろうし、相国に至ってはずっと格下なのかも」

「そうだね。きっとどれほど栄秋が貿易都市として栄えても、華国の人にしてみれば、下々の者がわちゃわちゃしているようにしか、見えないんだろうね」

大陸史もまた豆餅より格下のようだ。国の格の話が、軽い会話の中を流れていく。

「おや、蓮珠様、なかなかの格をお持ちの方がいらしたようですよ」

いま、この時期に『なかなかの格をお持ちの方』と言われて蓮珠は一瞬身構えたが、華国関連なら白豹がそれなりに警戒を促すはずなので、違うはずだ。

もしかして、翔央だろうか。蓮珠は、いそいそと布巾で手を拭くと、家の主自ら客人を迎えに門まで出向いた。

「よう、引きこもりの元官吏殿。お疲れさん……って、おい、期待外れだったからって、あからさまに渋い顔するなって。悪かったな、誰かさんじゃなくて」

客人は、栄秋府の府尹《ふいん》（府の長官）の欧閃だった。

「お久しぶりです。その引きこもりの元官吏を訪ねていらっしゃるなんて、どうしたんですか？」

誰を期待していたかは、サラッと流して、蓮珠は、身代わり皇后らしい優雅な笑顔で用件を尋ねた。

「引きこもりの身じゃ、家を出てくるわけにいかないだろうから、俺が出向いたまでのこと。そう気にするな」

栄秋府尹様もまた、客対応向きの笑顔を貼り付けて応戦する。

「いえいえ、気にしますって。街中の巡回警備の指揮でお忙しい身では？」

腹の探り合いでは、らちが明かなそうなので、蓮珠は本題に入るように促した。

「たしかにな。まあ、用件はそれと無関係でもないんだ」

そこまで言うと、欧閃は肩越しに後ろを振り向き、門の外に控えている人物に、ややぎこちない口調で声を掛けた。

「……おう、こっちに入りな」

顔を覗かせたのは、二十代前半くらいの青年だった。相国でも南部の出身だろうか、背が双子並みに高い。おどおどとした態度で門の中に足を踏み入れるのをためらい、半分だけ見せている顔立ちは、ずいぶんと品のある空気を漂わせている。もしや、白豹の言っていた『なかなかの格をお持ちの方』は、栄秋府尹という地方官吏の最高位の欧閃のことではなく、こちらの青年のほうだったのかも。蓮珠の視線が青年を見ていることに気づき、欧閃が軽く紹介する。

「凌国から国交交渉の親書が届いていることは聞いているな？　その親書を携えて、華国使節団入国の一日前に栄秋入りした御仁だ」

これは、思っていた以上の大物だった。門の横に立たせていていい相手ではない。蓮珠は、すぐさま家の中へと招き入れた。

「国交交渉は大詰めとはいえ水面下で進めている段階だ。それでは宮城内に置いておけないだろ？　それで俺のところに滞在してもらっていたんだが、この騒ぎで家に帰るのも難しい状況になっちまったものだから」

院子《いんし》（中庭）を抜けながら、欧閃がさらに彼について説明する。その内容に、蓮珠の頬が引きつった。

「まさかと思いますけど……、うちで凌国の使者を預かれと？」

「家には、姿を見せない家令しかいないって聞いているぞ。国賓としてもてなせ、なんて言わないって。期間限定の家人だと思って置いてやってくれ」

白豹も口にしていたように、蓮珠は官吏として外交担当の礼部にも居たのだ。国交の親書を携えてきた他国の使節というだけで、どれほどの人物なのかわかってしまう。とてもじゃないが、家人扱いできるわけがない。

丁重にお断りしようと振り向いたところで、なんと青年がその場に跪礼した。

「この家の主殿《あるじどの》ですね？　突然のことで大変申し訳ありません。掃除や料理などについては、ひととおりのことは自分でできますので。部屋をお借りするのが無理なら、もう院子（中庭）の片隅にでも置いていただければ、それで充分ですから……」

上目遣いに蓮珠の返事を待つ姿は、大型犬さながらである。

「お姉ちゃん、お客様って……きゃっ、欧閃様？」

奥から出てきた翠玉が欧閃たちの姿を見て、慌てて襟袖を整える。

「おう、妹さん。今日は、家人を紹介しに来たんだが、家長殿に渋られてるんだ。ここはひとつ、説得してくれねえか？」

欧閃が翠玉を手招きする。

「えー、なんで渋っているの？　前から白豹さんだけじゃ大変だから、他にも誰か雇ったほうがいいって、お姉ちゃん、自分で言っていたじゃない？　欧閃様のご紹介なら身元も確かだから、問題ないでしょう？」

蓮珠としては、その身元が確かすぎるだろうことが問題なのだ。

「お初にお目に掛かります。大陸東方の凌より参りました曹真永《そうしんえい》と申します」

立ち上がった青年が、改めて蓮珠と翠玉に挨拶をする。

「……凌国の方って、背が高いんですね」

「簡単に言うと、この家に警護を回す余裕が栄秋府にない。逆に、あちらの方は警護をつける必要がない。本当に腕が立つ御方なんでな。ただ、他国の人間である以上は、誰かが常に見てないとマズい……。わかるだろう？」

「ああ、なるほど。監視役ということですね」

ならば、蓮珠にもよく理解できた。華国の訪相がなければ発表していただろうが、凌国との国交交渉は、現時点ではまだ水面下の段階だ。だから、この青年は、その行動に警戒し、監視すべき人物という扱いになるのだ。本来であれば、国交交渉を進めていた李洸の手の者が付くところなのだろうが、華国の目もあって宮城内ではそれが叶わずに、栄秋府へお願いしたのだろう。だが、栄秋府もまた華国の件で手が足りないのだ。

「お引き受けいたしましょう。これでも元は礼部に居た身。他国の方の言動を観る目は持っております」

蓮珠の返答に、欧閃が安堵の表情を浮かべる。

「おう、そこを信頼して頼むことにしたんだ。それに、白豹も華王の動向を探る仕事で忙しくなる。そうなると、この家の警備が本当に手薄になってしまうからな。それは避けたいんだが、栄秋府尹として、表立ってこのあたりの警備を優先させるわけにもいかない。……あんたは、大事な皇后の影だが、表向きはあくまで宮付き女官だ。すまないなぁ、我が家にいるってのに、気の抜けないことになってしまって」

どうやら欧閃が叡明から受けた警備強化の理由は、皇后の身代わりである蓮珠の安全確保にあるらしい。たしかに、皇后の身代わりともなれば、国家機密をたっぷりと見知っているわけだから、どこかの派閥の手の者や栄秋訪問中の方々に連れ去られるわけにいかない。そのために、自宅待機になったようなものだ。ただし、叡明が真実守りたいのは、もちろん蓮珠とともに家にこもることになった翠玉のほうだろうが。

「……この件の発案も、叡明様ですか？」

念のために確認してみると、その回答は意外なものだった。

「ああ。より正確には冬来殿のようだ。あの御仁の腕前は信用に値するそうだ」

「冬来様がそこまでおっしゃるなら、警護のほうは安心ですね。……あとは」

蓮珠は言葉を区切ると、どこというわけでなく天井を見上げた。

「白豹殿はいかがです？」

蓮珠の問い掛けに、どこからか応答が返ってきた。

「蓮珠様のご判断にお任せいたします」

どうやら白豹としては、彼を家人として迎えることは問題ないという判断らしい。

「即決ですね。白豹さんにも、叡明様からお話が？」

こちらも裏で話がついているのだろうか。すると意外な回答が上から降ってきた。

「いえ。ここを離れるわけにいかない日が続いておりますから、主上からはなにも聞いておりません。ただ、先ほど、あの方と目が合いました」

蓮珠は、白豹の発言内容を理解するのに少し時間がかかった。

同じ家に住んできた蓮珠でもいまだ影も形も見たことのない白豹の姿。なのに、真永は初対面にもかかわらず、姿どころかその視線をとらえたということか。

「……………そんなことって、普通の人にできるんですか？」

正直、白豹の存在を知らないにもかかわらず、そんな離れ業ができる人物に対しては、頼もしいと思うより、怖いという印象を覚えてしまう。

「まずは不可能ですね。欧閃様であっても私の居る方向はなんとなくわかるようですが、目が合ったことはございません。つまりは、それだけの手練れということでしょう。あの方であれば、この屋敷をお任せしても問題ないと存じます」

冬来と白豹がそろって、その腕を信用できる、問題ないというのであれば、蓮珠も信じるよりない。

「では、家人の採用を決める家令の許可も出ましたので、お話はお受けいたします。ただ、あの方の素性などについての詳細は、あえてお聞きしません。未婚の姉妹だけの家に他国の高官が滞在したとなれば、お互いにややこしい話になると思いますので」

蓮珠の詳細不要の姿勢に、欧閃が大きく頷く。

「まあ、聞けばそれ相応の接し方にならざるを得ないよな。わかるぜ、身に染みついた役人気質ってやつだ。俺も紹介するとき、若干膝が震えていた」

「やめてくださいよ。栄秋府尹が膝震える相手なんて言われてしまったら、嫌でもその正体を勘ぐっちゃうじゃないですか」

蓮珠は耳を塞ぎたくなった。それこそ身に染みついた役人気質で、相手の正体を考えてしまうではないか。

「悪いな、皇城からの無茶振りを、誰かに愚痴りたい気分だったんだ。あんたは、そりゃもう色々と訳知りだからさ、つい気が緩む」

欧閃は、まったく悪いと思っていないであろう満面の笑みを浮かべていた。

「翔央にしたって、あんたのそういうところに助けられているんだろうな。いまや、片割れの愚痴を気安く言える存在は貴重だ。万が一にも誰かに聞かれれば、叛意ありで首が飛びかねない」

何か言い返してやろうと思ったところで、その名前を出されては何も言えなくなる。玉兎宮で二人きりになるときだけ、翔央は翔央に戻れるのだと本人も言っていた。

「姉妹仲がいいのも微笑ましいことだ。皇族の兄弟仲というのは、市井のそれとはまったく違う。近くても遠くても、政争の火種になるからな」

真永に家の中を案内しようと奥へ入っていく翠玉の背を見つめ、蓮珠は欧閃にどう答えたらいいかわからなくなった。蓮珠は、その皇族の兄弟から、長く、とても長く、妹を遠い場所に引き離してきた張本人なのだから。

真永を家人に迎えて三日、華王が相国入りしてからは一週間が経った。皇城にいるわけではないから、蓮珠の元に入ってくる華王の動向は、近所の噂話がほとんどだ。それによれば、華王はこの一週間、毎日のように栄秋の街を見て回り、様々な場所で『栄秋一美しい娘』を探しているらしい。迷惑なことだ。行った先々の支払いは、相国が持つ。他国の王に金を出させるわけにはいかないからだ。礼部の長となった郭広《かくこう》もさぞかし頭が痛いことだろう。相手は、相国が妹の朱皇太后を奪っていったと思い込んでいて、半ばその恨みを晴らすために相国の財布を好き勝手に使っているに違いない。

「警戒していたよりも、かなりあいまいな情報で乗り込んできた印象なのよね」

だとしたら、なぜ今なのだろうか。この時期に朱皇太后の遺児を探すことに、他になにか理由があるのだろうか。

「いま、考えることじゃないか……」

　蓮珠は書斎で家の帳簿をつけていた。玉兎宮勤めで自宅を留守にしていることが圧倒的に多いため、自宅にいるこの期間に陶家の長として処理しなければならない事務仕事が山のようにある。蓮珠が家に居てもいなくても、日々の生活に必要なものは購入しなければならないわけで、買ったものと使った金額の報告を翠玉と白豹から受け、それを帳簿に記載しているところだ。

「うん、生活費の払いも滞りない。……白豹さんが、どうやって買い物をしているのかは謎だけど」

　店で買い物するときは普通に姿を見せるのだろうか。あと、買った食材を厨房で料理しているときは、そこにちゃんと立っているんだろうか。謎は多い。

　唸る蓮珠に扉の向こうから声がかかった。

「蓮珠様、郭華《かくか》様がいらしております。お通ししてもよろしいでしょうか」

　新人家人とは思えぬ慣れた口調でそう言ったのは、真永だった。そして、彼が口にした名は、翔央が武官として使っていた名前である。

「す、すぐに行きます、客間にお通ししてください」

　帳簿をつけるときは、墨が袖についても問題ないように、少し古い服を着ている。とてもじゃないが、翔央の前に出られる服装ではない。蓮珠は大急ぎで自室に戻り衣服と髪型を整えると、玉兎宮で体得した早足だけど裾が乱れない歩き方で客間に向かった。

「大変お待たせいたしました……って、上座にお座りください」

客間は最奥の一段高いところに長椅子が置かれていて、本来はそこに家の主が座る。長椅子の前は十分な間を置いて椅子が向かい合わせに置かれていて、客人が座るのはそちらだ。この造りは、後宮の各宮の正房《せいぼう》の扉を入ってすぐの部屋とほぼ同じだ。身代わり皇帝として、奥に座ることに慣れているはずなのに、わざわざ下座にいるなんて、こちらの心臓によくない。

「では、陶家の主殿《あるじどの》と並んで座らせていただこうか」

隻眼の白鷺宮のフリをする翔央は眼帯をしていないほうの目を細めて笑うと、蓮珠を誘って上座に上がった。

「……で、あれは一体どういうことだ？」

蓮珠と並んで座るなり、翔央は真永について小声で問いかけてきた。どうやら、叡明は翔央になにも知らせずに彼の陶家行きを決めたようだ。

「家人を雇いました。以前から白豹さん以外の人手が必要だとは思っておりましたので、紹介してくださった欧閃様に感謝しております」

蓮珠は、何も知らない、気づいていないことにして、ニッコリとそう返した。

「けど、あの者は……」

さすがに翔央も彼が何者かは知らされているようだ。蓮珠は笑顔のまま、翔央の続く言葉を遮った。

「翔央様、あの者は家人です。姉妹二人きりの我が家に、男性の客人をお迎えするわけないじゃないですか」

『行き遅れ』を通り越して『行きそびれ』と言われる蓮珠は、この際どう言われてもいいが、数えで十八歳になった翠玉は、いわゆるお年頃なのだ。悪い噂など流れるようなことがあっては困る。真永を叡明が家人として推挙したのも、その配慮もあるのだろう。もちろん、彼自身が目立たないようにするためでもあるだろうが。

「そうか。……そうなる……よりないわけか」

蓮珠の勢いに翔央が身を引く。ここは、官吏居住区の中でも上級官吏の家が集まっている区画だ。今日のちょっとした油断が明日には宮城内に広まっていることもある。だから、最上級官吏は、官吏居住区に本拠を持たない。派閥の長というのは足元をすくわれることが多いからだ。

「いや、しかし、事実若い男が同じ家の中にいるわけで」

翔央が小さく唸る。

「白豹さんだって、若い男性ですよね？」

姿を見たことがないので断言はできないが、声から想像するに二十代後半、三十代にはなっていないと思う。

「あれは別だろ。本分として、雇われる側だし、ちゃんと適切な距離を置いているじゃないか？」

姿の見えないほどの距離を、果たして適切というのか。蓮珠は、回答を差し控えた。

「まあ、他国の方をお預かりするのも皇城《こうじょう》勤めのお仕事ということです。自宅待機から在宅勤務になっただけのことです」

「おまえ、本当にどうしようもなく仕事中毒だな。……よし、俺もここに」

「ダメですよ。翔央様は皇城でやることがたくさんあるのですから」

蓮珠は再び翔央に続きを言わせずに止めた。

「伯父上は、栄秋の街中を遊びまわるばかりで城内にほぼいらっしゃらない。おかげで、特に接待のための宮中行事もない。身代わりの俺が玉座でやることは、いつもと変わらない。……いったい何しに来たんだか」

つまり執務室の机には、いつもと変わらず決裁書類が積み上がっているわけで、やはりやることがたくさんあると思うのだが。

「一応、榴花公主の件で相国を騒がせたことの謝罪にいらしたんですよね？」

蓮珠は華王の真の目的を知っているが、それは叡明と冬来が居る場で聞いたことであって、翔央の知るところではない。

言えないことがあるのは、正直心苦しいが、叡明が伝えていないことを先に蓮珠の口から話していいのかという迷いもある。

それに、翔央は自分に妹がいるという事実を今まで知らずに生きてきたのだ。翔央と浅からぬ縁を結ぶなかで、彼から妹の存在を隠してきた蓮珠には、いまだ割り切れない後ろめたさもあった。

「最初の夜の歓迎の宴で、騒がせてすまなかったって、伯父上が口頭で……それだけだ。国家間の謝罪って、あんな軽いものなのか？　義姉上が蓋頭の下で笑いをこらえていたぞ」

今回皇后本人に出ていただき、宴の場に居なかった蓮珠には、それがどれほど軽かったのかはわからないが、あの冬来が笑いそうになるとは、相当だ。

「書面や謁見の場で公式に謝罪すると、賠償金が発生するからでしょうか？」

「あの国が……というより、あの伯父上が懐の心配をするとは思えないな。国の金は、河川を流れる水のように自分の手元に来るものだと思っている節があるので、使うことに対してもほとんど抵抗がない」

高大帝国時代から国として成立している華国は、五百年近く国外の脅威にさらされたことがなく、国土を疲弊させる戦禍《せんか》を知らない。南海《なんかい》に面した広大な平野に運河を張り巡らせて多くの実りを得てきたし、中央地域との境になっていた北側の山々には鉱脈があり、鉱物資源にも恵まれてきた。相国のように大河で中央地域側と分断されているわけではないから、中央地域側に国土を広げて、さらに多くの鉱山を得た。高大帝国滅亡後、次の大陸の覇者に最も近い国と言われていたほどだ。黒龍河と白龍河を越えて東西に領土をのばそうとしていたが、五十年ほど前に国政の方針転換があり、東西大国との同盟が成立、以降は国政に注力してきたと言われている。だが、叡明の話を聞く限り、このころから華の先王は、お気に入りの占い師の言いなりになっていき、国内の貧富の格差は拡大し、今も華国は溜めていた豊かさを削りながら生きながらえているらしい。

「でも、我が国のお金を使って『栄秋一美しい娘』を探しているんですよね。ある意味、とんでもない倹約家じゃないですか」

蓮珠は、翠玉の件もあって、どうにも華王を良く言う気になれない。ただ、これはそんな伯父を持つ翔央に刺さってしまったようだ。

「……本当に何しに来たんだろうな、伯父上は。追い返せない、こちらもこちらだが」

額に手をやり、大きなため息をついた。

「うわぁ……、すみません、翔央様を責めたいわけじゃなかったんです！」

蓮珠が言うも、翔央は軽く手を振る。

「いや、いいんだ。蓮珠の言葉は、栄秋の民……というより官吏たちの言葉でもあると思う。だいたい『栄秋一美しい娘』ってなんなんだろうな。そもそも華国の基準と相国のそれは違うと思うが、これはどっち基準なんだ？」

華王の……というより、華国の方々は基本的に相国基準の美意識という言葉自体を受け入れないように思える。

「おそらくですが、華国……基準ではないでしょうか」

実際は、『栄秋一美しい娘』というあいまいな存在でなく、特定の一人を探しているので、華王本人基準というほうが正しいのかもしれないが、それを翔央に言うわけにもいかない。

「では、……小紅様のような女性ということになるのかな？　しかし、自国内ならともかく、そのような女性をわざわざ栄秋まで探しに来てどうするんだろうか」

たしかに、朱皇太后に似ていらっしゃるという話ならば、小紅のような女性というのは当たらずとも遠からずだ。このまま思考を深めていけば、伯父が何を探し求めているのかに、翔央もたどり着くかもしれない。そのとき、蓮珠の妹であるはずの翠玉に、自分の母である朱皇太后の面影が受け継がれている事実に、翔央は気づいてしまうのだろうか。

「……小紅様のご親戚は、まだ華国にいらっしゃるんですよね？」

心に浮かんだ暗い想像を払うように、蓮珠は翔央に問う。

「そうだな。……小紅様は、俺から辿ると、母方の大伯母の娘が嫁いだ先で産んだ三人の息子の一人が婿入りして、その家に生まれた人だ。親戚も、それなりにいるはずだ。相国に嫁がせることになって、華国側でより母上に近い家の養女にしてから送り出したようだが、実際の血縁としては、そのくらい離れている」

以前簡単に聞いていたが細かく説明されると、意外と朱皇太后と小紅の血縁関係は遠かった。

「ただ、母上の母妃……俺の祖母がいた巽《そん》の集落はとても閉鎖的で、集落の外の血を混ぜることを禁忌としていた。集落には五十戸ほどあったようだが、高大帝国崩壊から百年以上も集落の中で血縁を保っていたんだ、俺たちから見れば離れているようでも、近く濃い血の繋がりがあったのかもな」

翔央の言うことは正しいかもしれない。元が百五十年前の高大帝国の崩壊を逃れた貴族たちの集落なのだから、最初から縁戚関係にある人々の集まりだった可能性が高く、さらに集落が華の先王によって潰されるまで百年もの間その血を濃くしていったわけだから、集落中が血縁関係にあったともいえる。

「いまの栄秋は確かに国の内外から人が集まる街ではある。相国南部はもちろん、相国に来た元華国の民も少なくない。小紅様に似た女性もいなくはないだろうが……。甥の俺が言うのもなんだが、伯父上に見出されて華国に連れていかれたとして、幸せになれるとは思えない。このまま誰も見つからずに、伯父上が諦めて帰国されることを祈りたいな」

翔央の祈りは、蓮珠の祈りでもある。翠玉が華王に見つからずとも、その代わりに誰かが連れていかれればいいとは思えない。このまま、華王が諦めて帰国してくれたら、どれほどいいだろう。

ほぼ二人同時についた大きなため息に、部屋の外からの声が重なる。

「お話し中のところ、大変申し訳ございません。李洸様の使いの方が、郭華様をお迎えにいらしておりますが……」

翔央が渋い顔で長椅子を立つ。

「李洸に黙って出てきたわけじゃない。時間を確保してきたうえで呼び戻しとは、何かありがたくないことが起こったと見るべきだろうな」

「いいことだわ。この家には人手がいると常々思っていたもの。あなたが不在時もちゃんと家を管理できる人材は絶対に必要よ。呉家が健在なら信頼できる者を紹介できたのだけど、私が後宮を辞して道観《どうかん》（寺院）に入るときに優秀な者は他家にお願いしてしまったから……」

蓮珠としては、白豹がいてくれれば充分だと思うところもあるが、家主にさえ姿を見せない家令では、普通の訪問者は不安しかないだろう。

真永が帰国するにしても、早急に家人を雇わねばならない。蓮珠は、家人の問題を後回しにできないことをいよいよ悟らされた。

「えっと、それで……呉氏《ごし》様は、どういったご用件で我が家に？」

昨日は、翔央と長椅子に並んで座ったが、本日は淑香に長椅子に座ってもらう。郭華の名で来た翔央と異なり、淑香は飛燕宮妃の肩書で陶家を訪ねてきたからだ。

「以前、貴女の母上は華国の方だったと伺ったと思うのだけど……」

淑香の言葉で、部屋の温度が下がった気がした。叡明から、華王が母を探している件を教えられている。この時期に華王の接待役でもある彼女から、母が華国出身であることを尋ねられるとは、悪い予感がする。

「はい。……もちろん私が生まれるより前に相国の民になっておりますので、詳しいことはわかりませんが」

　緊張に少し掠れた声で淑香に答えると、彼女もまた緊張した声で蓮珠に問う。

「その、お聞かせいただきたいのだけど、華国には固有言語でもあるのかしら？」

　思っていたのとはやや違う方向からの話だったが、どこでどう翠玉と話が繋がるかはわからないので、蓮珠は慎重に回答した。

「いえ……大陸南部地方固有の言葉もいくつかありますが、基本的には高大帝国公用語からの流れを汲《く》む言葉を使います。相国語との差なんて、ほぼないに等しいですよ」

　蓮珠の言葉をかみしめるように、淑香が俯き考え込む。やがて、小さく呟いた。

「なら、やはり意図して反応されないのね。……怖い方」

　華王のこととかを確かめる前に、淑香が衝撃的なことを口にした。

「きっとこの国の皇族が憎いのね。主上か白鷺宮様、あとは自身の従者以外の声には、いっさい返事しないの。声だけじゃないわ。視界にも入れてない。同じ空間に居ても、存在していないかのように振る舞われるのよ」

　華王による探りがあったわけではなさそうだが、それを喜べる内容ではなかった。

「徹底していますね」

　華王の怖さは、蓮珠もよくわかっている。

「……あまり驚かれないのね。もしかして、主上からお聞きになっていらしたかしら」

「誰か一人と言わず、これまでに複数の方から色々と。まとめると、あの方は『自分の見たいものを見て、聞きたいことだけを聞く』のだと」

遠い記憶では母から、近くは叡明と翔央、さらには白豹からも聞いている。

「理解したわ。あれは今に始まったことではないのね」

淑香は諦めたように言った後、ここでなら隠すこともないと思ったのだろう、愛らしい唇を尖らせて不満を口にした。

「それにしたって、華は榴花公主の件で謝罪の使節を出してきたはずなのに、ご自身の従者が主上に対して立礼で『お騒がせいたしました』だけってなにごとなのかしら！」

翔央に聞いていた華王の謝罪だけでなく、公式の謝罪も軽いものだったようだ。蓮珠は心底宴の場に居なくてよかったと思う。冬来だから笑いをこらえるだけで済んだのだ。蓮珠であったなら、あからさまに態度に出てしまっていただろう。

榴花公主が起こした威国亡命騒ぎには、実は相国側も裏で一枚かんでいる。それを知る蓮珠としては、あまり強く謝罪を求める気持ちにはなれないが、蓮珠以外でそのことを知っているのは、相国政治の中枢である壁華殿《へきかでん》の皇帝執務室の面々や行部時代の上司である張折《ちょうせつ》など、ほんの一握りの者たちだけである。

それ以外の相国の人間にとってみれば、謝罪目的で訪れた態度の悪い客人に対して、きちんと謝る気がないなら長居するな、と腹立たしい気持ちにもなるだろう。

「はは……。ここが威国だったら即時戦争開始ですね」

だいたい、華国が謝罪すべきは、榴花公主のことではなく、使節団団長だった段響《だんきょう》の所業のほうだ。榴花公主を危ない目に遭わせて、それを相国のせいにしようとしていたのだから。

「外交の部署にも居たあなたに、かの国の方々にどうにかご満足いただいて、帰国してもらうにはどうしたらいいかを相談したかったのですが……」

語尾を濁す淑香は、相談できるような事柄ではないことを理解したようだ。

「こちら側に問題があるのではなく、あの方の性質の問題なので、過去の経験を生かしたご提案ができる話ではありません。……お力になれず申し訳ございません」

蓮珠は淑香の前に跪礼した。淑香が長椅子を降りてくる。

「いいえ、あなたにだって問題がないのは同じよ。それに……あの方は、お探しだという『栄秋一美しい娘』を見つけることでしか、満足されないでしょうし、お帰りにもならないでしょうから」

謝罪に来たはずの華王が城外で何をしているのかは、淑香の耳にも入っているようだ。

「そうですね。……少なくとも、あの方はその存在を確信し、探していらっしゃいます。ですから、もうこれは実在するか否かの問題ではなくなっています。あの方は、いくら相国側が『お探しの女性はおりません』と言っても、受け入れないでしょう。見たいものを見て、聞きたいことだけを聞く方ですから」

蓮珠は、華王が探している存在が実在するか否かの言及は避けて、問題の在り処だけを指摘した。淑香が重いため息をつく。蓮珠は、華王に対して更なる憤りを感じた。妊婦に精神的負荷をかけるとは、許しがたい所業だ。

「あの方が宮中にほぼいらっしゃらないので、皇后様もいつも通りのお仕事に戻るそうです。そのため、小官も玉兎宮の女官に戻ります。お力にはなれませんが、お話を伺うことはできますから」

話を聞くことで、少しでも淑香の負担が軽くなればいい。

「ありがとう。……あなたが皇城に戻ってきてくれるなら、たいていのことは乗り越えられる気がするわ」

この件は、おそらく『たいていのこと』ではないと思う。蓮珠は、淑香の精神的安定のために、ただ微笑んで返した。

飛燕宮妃の過剰な期待を受けつつ、蓮珠は玉兎宮に戻った。

「長く不在にいたしまして、申し訳ございません」

今回の蓮珠の働きは威国関連の外交ではない。表向きにはその不在は、皇后の心遣いにより、女官の身には滅多にないまとまった休暇をいただいていたことになっている。

冬来が皇后として長椅子から周囲に目配せし、人払いをする。実務女官筆頭の紅玉が下がれば、他の者も下がる。正房に二人になると、冬来はすぐに長椅子を降りて、跪礼する蓮珠に歩み寄った。

「問題が取り除けていない状態でお戻りいただき、こちらこそ申し訳ない。……非常に戦いにくい相手であることを理解しました。叡明様に色々と伺っておりましたが、想定よりも遥かに難敵でいらっしゃる」

百戦錬磨の冬来でも、華王は別格だったようだが、それも仕方ない。冬来と華王では、主戦場が違うのだから。

「いえ、それでも皇后が表に出なければならない行事は終えていただきました。ここから先は後宮の内務に専念できる状況を作っていただけただけで助かります。さすがのあの方も、後宮の中までは入ってこないでしょう」

笑って返した蓮珠だったが、冬来の表情から緊張は抜けなかった。

「……そのことで、ひとつ、蓮珠殿に謝らねばならないことがあります」

より声を潜めて、冬来が言う。

「これは、ご本人の前では嫌な顔をされることがわかっているので言えませんが、あの方は、さすが叡明様の伯父上でした。よく似た観察眼をお持ちです。周りを一切見ていないようで、実はよく見ていらっしゃることに気づきました。わたくしの足運びに皇后らしからぬ何かを感じたようで、怪しまれているのです」

これには、驚くよりない。

「蓮珠殿の言うとおり、いかにあの方でも、後宮に入ってくることはないでしょう。ですが、警戒は必要です。いざという時に前に出られるように、わたくしが『皇后の護衛』に集中することにしました。主上の護衛は、白鷺宮様にお任せしております」

その主上が翔央で白鷺宮が叡明なわけだから、傍《はた》から見ると主上が白鷺宮の護衛をしているという、珍妙な状態。ややこしい話だ。いや、こちらも蓮珠が皇后に、皇后である冬来がその警護に就くのだから同じ状態と言える。

「冬来様が護衛についてくださるなんて、光栄です」

なによりも心強い。冬来とは数々の困難を乗り越えてきた。今や皇后にとっても安全な場所となった後宮の中に居て、傍らには最強の護衛がいる。身代わり史上、最も良い労働環境と言えるのではないだろうか。ありがたいことこの上ない。

「……ありがたい護衛といえば、真永さんをご紹介いただき、ありがとうございます」

蓮珠は、真永のことで冬来にずっと礼を言いたいと思っていたのだ。

「家人としても大活躍ですよ。白豹さんも安心して密偵仕事ができるというものです」

万事解決のつもりでそう続けたが、冬来が困ったような顔をする。

「それでは、警護の人員増にはなっていないので、根本の問題は解決していませんね」

たしかに冬来の言うとおりだった。

「でも、本当にありがたいです。……その……後宮の話は家で話題にできないことが多すぎたので、最近は家に帰っても、翠玉とは話が弾むことがなかったんです。でも、真永さんは、栄秋に来て感じたこととか、相国と自国との違いとかについて話してくれるんですよ。それで、わたしも栄秋に来たばかりのときの話や翠玉と育った福田院のある下町の話をして、盛り上がりまして……」

あと、物語の感想に、考察に、評価に、お互いのおすすめ作品とか……。蓮珠は胸の中で、そう続けた。自分たち姉妹と同程度の小説愛好家だとわかってからは、本当に、彼のおかげで食卓が大いに盛り上がっている。

真永は、表向き家人として雇っているので、本来は家族と食卓を囲むような関係ではない。だが、要は周囲の人々からは家人に見えればいいわけなので、家の者しかいない場でならば、一緒に食事をしたりお茶を飲んだりしていても、問題ないのである。

もともと翠玉は、白渓や都の福田院に居たころから、誰かと話しながら食事をすることが好きなのだ。陶家に真永が加わったことで、食卓での話も弾み、ずっと嬉しそうにしている。真永の言葉に花がほころぶように笑う翠玉を見ると、蓮珠は救われるような思いがした。

蓮珠が玉兎宮勤めになってからというもの、翠玉は基本的に家では一人の食卓だったのだ。白豹は話しかけてくれたかもしれないが、目の前に座ってくれるわけではない。蓮珠に訴えることこそなかったが、きっと寂しかっただろう。真永の登場は、そんな蓮珠の後ろめたさも癒やしてくれた。

「本当は、翠玉と話すこと、たくさんあったんだってわかったんです。わたし、話しちゃいけないことにばかり囚われていたみたいで。久しぶりに、たくさん話せました」

蓮珠の報告に、冬来が弓なりに目を細める。

「それは、真永殿にとっても良かった。……お二人の姉妹仲の良いのを見て、きっと癒されたことでしょう」

言われて思い返す。食卓で、お茶の席で、真永はいつも笑顔で話をしていた。たくさんの話をして、たくさん笑って、彼もまた誰かと一緒に話しながら食事をすることが好きなのかもしれない。

ただ、推測される彼の立場からすると、それは難しいことではあるだろう。

「そうでしょうか。……そうだといいなって思います。真永さんは、きっと本来なら直接お話しすることなどできない立場にある方でしょうから」

相国側から同じ立場の者を出そうとすれば、おそらく実際外交交渉に携わってきた李洸になるのではないかと思う。真永は、本来なら三丞相の筆頭と同じくらい上位の人物であるはずだ。

「わたくしは、真永殿のお気持ちがわかります。……複雑に絡み合い、当人同士だけの問題では収まらない我々のような立場にある者にとって、お互いをまっすぐに思い合う、あなた方姉妹の姿は、とても眩しいものなのです」

冬来の……威国白公主《はくこうしゅ》の兄弟姉妹関係は複雑だと聞いている。威国の首長は、威国十八部族を束ねる黒部族の長だ。その首長の後宮には、全部族から妃が入る。首長になる男子を産むことが期待されるわけだが、次期首長候補争いに食い込むためには、なるべく早く男児を産んだほうが有利になる。

そんななか、冬来こと白公主は、母妃の二人目の子どもでしかも二人目の女児だった。

その存在は、白部族の言葉で『要らないもの』という意味の名をつけられるほど疎まれていた。結局、その扱いを見かねた首長の正妃が幼い冬来を手元に引き取り、誰もが一目置く武人にまで養育したという話だ。その後、白部族の妃にも男子は生まれたが、残念ながら病弱だったため、武人としての強さが絶対的な価値を持つ威国では、首長候補争いに名を連ねることもなかったそうだ。

「だからこそ、お二人をお守りしたいと思うのです。翠玉様だけでなく、あなたのことも。それは、わたくしだけでなく、主上も白鷺宮様も、真永殿も同じだと思います。あの方であれば、翠玉様のことも家のことも、お任せして問題ないでしょう」

飛燕宮妃のことを言えない。冬来に『問題ない』と言われると、本当になにもかもが解決したような心地になる。

「はい。では、わたしも精一杯お仕事させていただきます！」

蓮珠もまた自分にできることに集中すると誓った。

蓮珠が仕事への意気込みを語った日の夜、玉兎宮を訪れた翔央は、仕事からの解放の喜びを叫んだ。

「戻ってくれて助かった。これで夜は冬来殿が白鷺宮につくから、俺も叡明の歴史講義から解放される！」

兄弟というのは、語る話題が一方的に豊富であるのも良くないようだ。

蓮珠はお茶を淹れながら、久しぶりに聞く翔央の声に口元がほころぶ。最初の身代わりのために声を掛けられた時から、蓮珠は翔央の声に惹かれていた。

「そんなことになっていたんですか。……でも、ちょっとうらやましいですね。相国一の頭脳を持つ歴史学者による歴史講義なんて。張婉儀《ちょうえんぎ》様の雑学的な歴史の話も面白いですが、仕事のことを考えると、もう少し体系だった大陸全体の歴史の流れに興味が」

身代わりになってから、官吏になるために学んだ表面的で簡略化された歴史知識では、事態の把握に足りないことが多すぎた。これまで国交のなかった東方大国の凌ともつながりができるわけだし、科挙で問われる歴史も自国史以外の部分を増やしたほうがいいのでは……なんてことまで、考えてしまう。

翔央は、よく通るその声で蓮珠の考えごとを一蹴する。

「やめておけ。あいつの大陸史なんて、何日徹夜することになるかわからないぞ。高大帝国以前の旧四方大国《しほうたいりく》の話どころか、それ以前の神話時代から始まるからな」

歴史学者の大陸史は、だいぶ膨大であるようだ。

「体験済ですか？」

「三日目くらいで、張折《ちょうせつ》先生に逃がしてもらった」

二日徹夜か。『張折先生』というなら、蓮珠の元上司である彼がまだ双子の家庭教師をしていたころの話だろうから、マシかもしれない。今やられたら、翌日の朝議は、きっと玉座で寝てしまう。

「今回は巽の集落と華国のつながりについて、を聞かされた。……伯父上が諦めることはないだろうという確信を得てしまっただけだな。伯父上には、華国内では見つからない巽《そん》集落のより濃い血筋の者が、相国に逃げ延び今も生きているという確信がおありらしい」

なるほど、叡明は翔央に、華王が探している相手を具体的に伝えるのではなく、巽集落の生き残りなのではないかという形にしたのか。確実に巽集落の血は受け継がれているのだから、間違いではない。

「何を根拠に言っているのかまったくわからないが、伯父上は栄秋に来ればすぐに巽集落の血筋にある者を見つけられると思っていたようだ。いっこうに見つからないことに、ずいぶんと苛立っておられる」

ほぼ皇城に居ないと聞いていたが、伯父と甥は、顔を合わせてはいるようだ。

「俺だって、難を逃れた親戚がいるとしたら喜ばしく思う。でも、俺たちから……、いや正直に言えば伯父上から離れたところで生きてほしいと願わずにいられない。ここは、市井の者たちが口にするような『雲の上』なんかじゃない。どちらかといえば、地の底だ」

市井の者だけでなく、宮城内を知る中・下級官吏にとってだって、皇族は雲の上の人々だ。上級官吏となり朝議に出て、その言動を目の当たりにしてようやく、現実を生きている人々である実感が湧くのかもしれない。蓮珠の場合、下級官吏時代に周囲の同僚たちが夢見心地に語っていた『優雅で煌びやかで華やかなこの世の楽園』である後宮の実態を、身代わりになったことで知った。後宮には、優雅とは縁遠いドロドロした現実がある。

「伯父上の相国不信は、かなりのものだ。ここまで見つからないのは、すでにその存在を知っている相国側が隠しているからではないか、と言い出した」

理不尽な言いがかりだと突っぱねたいところではあるが、存在を知っているのも隠しているのも事実ではある。蓮珠は、何とも言えず無言で翔央に茶を出した。

茶を受け取った翔央が、蓮珠の顔をじっと見つめ、ため息交じりに言う。

「伯父上は常に顔を隠している威皇后のことも怪しんでいるようだ。さすがに後宮に乗り込んできたりはしないだろうし、義姉上もいるから滅多なことはないと思うが……。おまえの場合、厄介ごとに一人で飛び込んでいくからな。頼むから気をつけてくれよ、蓮珠」

これは、理不尽な言いがかりだ。蓮珠は抗議すべく翔央を軽く睨んだが、なぜか彼は笑いながら、蓮珠の頬をそっと撫でる。

「思っていることがそのまま顔に出ているほうが、やはりおまえらしくていい。このところ、ちょっと大人しくしすぎていて心配だったが、大丈夫そうだな」

これもまた、理不尽な言いがかりだ。でも、こんなにも優しい笑みで言われては、蓮珠に抗議なんてできやしない。

「……ぜーんぜん、大丈夫じゃないですよ」

蓮珠は長椅子に座る翔央の肩口に額を押し当て、小さく呟く。抗議というより、たんなる甘えだった。小さく笑う翔央の低い声が耳元でした。

「戻ってきたんだな、蓮珠」

「はい、戻ってまいりました。翔央様」

ここは、たしかに優雅でも煌びやかでも華やかでもない。でも、この腕の中にいるとふわふわとした安心感に包まれる。だから、やっぱり『雲の上』なんじゃないかと思う。背中に回された手のぬくもりを、絹の衣装越しに感じながら、蓮珠は安堵に目を閉じた。

第四章　蓮花、翡翠を秘匿す

玉兎宮に戻って三日経ったこの日、紅玉を付き添いに、冬来を護衛に伴って、蓮珠は雲《うん》鶴宮《かくきゅう》に来ていた。威皇后と皇帝の末弟である雲鶴宮明賢《めいけん》の二人につながりのある西界《せいかい》の商人を、皇城に呼んでいたからだった。

「栄秋港で気になる話を耳にいたしました」

型通りの挨拶のあと、西界を本拠に船による運送業をしている何遼《かりょう》が、そう話を切り出した。商人は、皇城に棲む御贔屓の皇族に商品を売ることだけが商売ではない。皇城の中に居ては、なかなか耳に入らない珍しい話や世間の流行を拾い集めて持ってくることも商売のうちである。

「ご滞在中の南の方が、人をお探しだそうで」

そこまでなら、蓮珠も知っている。だが、何遼が気になっているというのは、もっと踏み込んだ話だった。華王の目的が人探しであることに栄秋の人々も気づいていて、最近では、その誰かを見つけ出して献上すれば、信じられないほどの褒美を得られるに違いないという噂が広まっているのだという。

「探しているのは、若く美しい娘らしいです。褒美目当ての輩に連れ去られちゃ堪らないと、年頃の娘のいる大きな家は、娘を外に出さないようにしているらしいですよ」

この場合の大きな家とは、中級以上の官吏の家や豪商の家のことだ。栄秋の街の人々に限らず、相国のほとんどの者が十六歳で成人すれば、男女を問わず実家を離れる。福田院に入れられた戦争孤児も、十六歳になれば施設を出ることになっている。ただし、官吏の家や豪商の家の娘は、婚姻まで実家で暮らしていることが多い。

「栄秋府の方々も、街中の見回りにより多くの人員を割いていらっしゃるとか」

　変な緊張感が漂い、栄秋全体の空気が悪いという。

「早くお帰りいただきたいよね、せっかくのお祝いだってのに」

　明賢が子どもっぽく頬を膨らませた。

「もうその話は終わりにして、持ってきたものを早く見せてよ、何遼！」

　城の外の話を聞きたがる明賢には珍しいことだが、この話題はさっさと切り上げたいようだ。

「これは失礼いたしました。それでは、さっそく本日お持ちいたしました品々をご覧いただきましょう」

　運送業が本業の何遼は、国内外の様々な業種とつながりを持っているため、顧客の希望に適した商人を紹介してくれる。今回の顧客たる明賢の意を酌んだ何遼が、連れていた商人たちに目配せして、飛燕宮妃のお祝いに贈るために厳選したという品々を並べさせる。

「こちらは特別やわらかな絹糸を使い、表地の刺繍が肌に直接触れないように布を重ねて縫製したものにございます。どうぞ、実際に触れてみてください」

明賢が真剣な顔で絹布に触れる。

「雲鶴宮様は、よき叔父上になりますね」

蓮珠が言うと、明賢は胸を張った。

「もちろんです。良き叔父となるべく、ほかの準備も怠っておりません。義姉上に教えていただきました子守歌も、もう覚えて歌えますよ」

明賢はにっこりと笑うと、まだ高い少年の声で、子守歌を唄い出した。

北のお山の彼方には　桃源郷《とうげんきょう》があるらしい
それでもわたしは　ここにいる
あなたのとなりで　夢を見る
やわき衣に包まれて　桃源郷の夢を見る

耳を傾ける蓮珠も、何遼も、雲鶴宮の女官たちも目を細める。なんとも和やかな時間となった。

祝いの品の注文書を持って何遼と彼が連れてきた商人たちが下がり、蓮珠も玉兎宮に戻るための輿に乗る。そのときに手を差し伸べてくれた冬来を、蓮珠は思わずすがるように見てしまった。

「……先ほどの話、大丈夫でしょうか？」

とても怖い。いまここに翠玉がいない。皇城に居ないほうが、危険から遠ざけられているつもりでいた。でも、何遼の話を聞いたことで、考えが揺らぐ。本当に、翠玉を家に置いておいて大丈夫なのだろうか。目の前にいないから、確信が持てない。真永《しんえい》は、常に翠玉を守ってくれているだろうか。

「皇后様のご懸念は、ごもっとも。小官より白鷺宮様に、皇城司《こうじょうし》、あるいは殿前司《でんぜんし》から栄秋府の補助を出せないか確認いたします。……中・上級官吏の家にも影響する話ですから、朝議でも反論は出ないでしょう」

輿に上がるために差し出された手が、ぐっと蓮珠の手を握りしめた。

「……良い考えだと思います。民の安寧のために、よろしくお願いしますね」

この場には、雲鶴宮の見送りも、輿の担ぎ手もいる。蓮珠は、冬来に促されて、なんとか威皇后の振舞いに戻し、栄秋の民を心配する話として締めくくった。

冬来の言うとおりだ。殿前司や皇城司から栄秋府に補助を出すとなっても、朝議の官吏たちも反対意見を出したりはしないだろう。娘を心配する我が身のこととして、むしろ積極的に賛同してくれるはずだ。

蓮珠は輿に据えられた椅子に座ると、目を閉じて、深めの呼吸をした。

本音は、玉兎宮に戻るより、官吏居住区に向かいたい。翠玉のそばに居たい。皇城内に居ては、翠玉の無事を確信できないから、とても怖い。それでも、いまこの場で駆け出すわけにはいかない。今の蓮珠は、威皇后なのだから。

「行きましょう」

心を無理やり平静にして、輿の担ぎ手を促す声を掛けた蓮珠の耳に、最も聞きたくない名前が入ってきた。

「杏花殿《きょうかでん》にご滞在の華王陛下から雲鶴宮様に、顔を見せにくるよう、お声がけがございます。そのための迎えの者が来ております」

雲鶴宮の女官が、青白い顔をして宮の門から駆けてくる。

華王が明賢に挨拶に来いと呼び出しをしてきたようだ。明賢の母は、華国から相国に嫁ぐ際に、華王に近い親類という形をとっている。そのため、たしかに客人として滞在中の華王のほうが、明賢から見て目上の親戚となり、挨拶をするなら明賢が華王の元へ行かなくてはならない。もちろんそうでなくても、隣国の王なので、先方から雲鶴宮に来るわけにいかないのも、礼儀としても合ってはいるが。

「なんで、いまさら……？」

珍しくも、明賢が隠さずに本音を呟く。

華王が相国に来て、すでに半月が経っている。それに、雲鶴宮から華王への挨拶なら、公の宴の場ですでに済ませているはずだ。

その場の者たちの困惑をよそに、迎えの者とやらが、勝手に宮の院子まで入ってきた。

「おや、威皇后様もおいででしたか。良い機会です、雲鶴宮様とともに杏花殿にて、我が陛下にご挨拶なさるとよいでしょう」

雲鶴宮付きの太監や女官たちがざわつく。当たり前だ、皇帝の同意・同席なしに、皇后を呼びつけようとしているのだから。

「本当に顔が見たい相手は、義姉上というわけか。よくも、そんなことを……」

明賢の呟きと同じことを、蓮珠もまた蓋頭の下で呟いていた。ただし、半分は明賢をダシに、威皇后を呼び出そうとすることへの怒りだった。

呼びに来た華国の者の表情に、蓮珠は見覚えがあった。段響《だんきょう》と同じだ。相国を下に見て、自分たちに従うのものだと思っている歪んだ笑みを顔に貼り付けている。

「……お断りいたします。我が夫たる相国皇帝の同席なしに、独身男性とお会いするなど、ありえません」

皇后が、皇帝の同席しない場で華国の要人と会うとしたら、それは華王の妃か華国の公主との接待の場のみだ。

「蛮族の国の娘風情が、なんと無礼な口を……！」

なるほど、威皇后は華国の者には二重の意味で下に見られているようだ。

「華国とは直接国交のない北方の国より嫁いでまいりましたが、わたくしは大陸の標準的な外交の礼儀を弁《わきま》えております。……どうやら、華国の標準とは違うようですが」

蓋頭の下で、蓮珠は思い切り優雅に笑った。その表情は相手には見えないはずだが、笑みにこめた皮肉は伝わったようだ。

「我が国に対する不敬ではないか！」

自身の『蛮族の国』発言を棚に上げて、よく言う。

「先ほども申しましたように、わたくしの後ろ盾は、華国との間に国交のない北方の国にございます。政治的に上も下もございませんよ？」

自国が格上であるという意識が揺らげば脆いもので、華国の者は「陛下に報告させていただく」との捨て台詞を残して、雲鶴宮を去っていった。

「……すみません。色々重なって腹立たしさが倍増してしまいました」

蓮珠は傍らの冬来にだけ聞こえる小声で謝罪した。

「大丈夫です。おおむね、わたくしが言いたいことと変わりません。他国の皇后をいったいなんだと思っているのか。しかし、これは問題ですね。……従者の言葉は、往々にしてその主の言葉。華王は、どうにも威皇后のことが気になっていらっしゃるようだ」

冬来が、声に怒りを滲ませた。

「彼の者は、いまや叡明様だけでなく、白鷺宮様にとっても、あなたにとっても、さらには雲鶴宮様にとっても、大きな憂いの元凶でございます。必ずや、何の成果も得られぬまま、自国にお帰りいただきましょう」

華王が、何の成果も得られずに自国に帰って行くこと。それは、蓮珠にしても、唯一にして絶対の目標だ。冬来の力強い言葉にうなずき、蓮珠もまたその目標を深く胸に刻んだ。

夜、玉兎宮に皇帝としてお渡りになった翔央は、開口一番に『よく言ってくれた』と蓮珠の雲鶴宮での対応を労った。

「明賢からも伯父上のなさりようへの抗議を受けている。……逆に、伯父上のほうからは、皇后の元に謝罪に伺いたいと言ってきている」

言われた瞬間、寒気がした。

「それは……まさか、最初からそういう狙いで？」

そのために、あの時、あの場所を利用したというのか。威皇后が、杏花殿に行かないことを計算済みで。

「そうだとしても、おまえの対応に誤りはない。明賢と杏花殿に行けば、皇帝の同席なしに挨拶に来るなど礼儀がなってない、ニセモノではないかと言いがかりをつけ、あらゆる手を使って、その場で蓋頭をとらせようとしていたに決まっている」

理不尽だ。こちらがどう動いても暴く気でいたわけだ。

「伯父上こそが西金《ざいきん》の件を仕掛けてきた張本人だ。こちらがどう動いてもいいように、裏側にはいくつもの新たな手を仕込んでいらっしゃる」

西金のときは、気づいた時にはすでに相手の策中にあり、対応策を打っても、それさえも予測済みで、後手に回らざるを得なかった。

「華国が仕掛けたのではなく、華王が仕掛けたんですね」

緊張で肩に力が入った蓮珠に、翔央が注意を促す。

「相手の術中に嵌《はま》るなよ、蓮珠。……伯父上は、今回の件が自分主導であることをこちらに悟らせて、おまえを警戒させようとしているんだ。……警戒している理由を、隠したいことがあるからだろうという証明にするために」

そんなことを言われても、あんなことがあったら、隠したいことがあろうとなかろうと警戒するのは当然だと思うのだが。

「おまえは本当に顔に出るよな。わかるぞ、あのようなことがあれば、どうあっても人は警戒する。……けど、それは相手に追及の口実を与えてしまうことになるんだ。後ろ暗いことがあるに違いない、調べさせろと」

なるほど。華王側は、『皇后には隠したいことがある、それを暴く』ことだけが、唯一にして絶対の目標ということか。かなり前からわかっていたことだが、華王は、自分とはとことん相容《あいい》れない人物のようだ。

「なんですか、その八方塞がり感……。いったいどうしろと」

いらだち叫びたくなる蓮珠の頭を翔央が軽く撫でる。

「大丈夫だ、そう難しく考えることはない。こちらの対応は変えない。今回のように女性の外交がない以上、皇后は後宮の内務に専念する。それだけだ」

翔央が示す道は明確だ。今までと変わらない。それは、『今までと変わらない』よう、蓮珠たちを脅かす全てから『守る』と伝えてくれているのだろう。

「……………ありがとうございます」

見上げた翔央の口元に笑みが刻まれる。想いが通じているのだと、わかる。言葉にならない部分でつながっている、その感覚が心地いい。

「俺が一緒に居たいところだが、皇帝が同席していれば、呼び出してもいいなどと言いだしかねない人だ。……ここは、叡明の言に従って、義姉上に託す」

確かに言いそうだと思った。知りたくもないのに、華王という人物への理解を日々深めていく自分がいる。離れていたいのに、知らないうちに距離が近づいてきているようで怖くなる。この恐怖も、華王の考えたことのひとつなのだろうか。

俯き、裙の絹地を握りしめた蓮珠の手に、翔央の大きな手が重なる。

「ただ、覚えていてくれ。俺は、いつだっておまえの傍らに居たいと思っている。皇帝の身代わりであることを、こんなにも煩わしく思うほどに」

翔央の言葉で、身体の力が抜ける。

「大丈夫です。同じ場所に居ることだけが一緒にいることじゃないって、わたしは知っています。翔央様は、いつだってわたしの傍らに居らっしゃいます。だから、ちゃんと皇后でいられるのです」

「そう思うなら、おまえも俺の傍らに居てくれ。頼むから俺の知らないところで、無茶してくれるなよ」

夏の夜の、少し冷たい空気に触れた手に、翔央の息がかかる。その熱で、蓮珠の身体に安堵が拡がっていく。

　夕刻の玉兎宮、蓮珠は正房の長椅子で、今日一日の報告を紅玉と冬来から受けていた。後宮内の事務仕事の大半は、後宮管理側から上がってくる修繕提案や皇妃たちからの日々のお悩み相談である。

「皇妃様方からの相談でも、建物や廊下の修繕依頼が多くなってきております」

　現状の後宮は、先々帝の御代から先帝の御代に代替わりした時に、呉太皇太后の一言で全体に建て直しが行なわれた建物と庭園から成っている。今上帝は、住む者なく荒れたいくつかの宮を取り壊し、小規模の庭園にしたが、元々あった建物はほぼ内装を整えさせただけに留めている。そのため、後宮のほとんどの建物が築二十年を過ぎていて、多少傷みも出てきていた。

「玉兎宮も多少老朽化している部分が見受けられますので、建物についてはわかりますが、廊下の傷み具合は、虫をバラまいたり、泥水や砂ぶちまけたり、丸太を転がしたりした影響も大きいのではないでしょうか？」

　蓮珠は自作の後宮建物図を眺めながら、紅玉からの修繕希望箇所を確認し、率直な意見を述べた。

「しかしながら、後半は皇妃様方の嫌がらせによるものではなく、榴花《りゅうか》公主を狙って仕掛けられたものですから、皇妃様方に責はございませんよ」

紅玉が苦笑いを浮かべる。蓮珠は、大きく頷く。

「……たしかに。けっきょくは、裏で手を引いていた某国のせいですよね。本当に色々やらかしてくださる。空いた宮の取り壊しを優先にしましょう。使えそうな木材を廊下の修繕に回せば、木材の調達費用と運搬費用、両方の節約になりますから」

「蓮珠様、さすがです。たしかに各宮を建てる際に使われる木材は一級品ですから、廃材にしてはもったいないですよね。すぐ管理側と話をしてまいります。調達指示を出してしまってからでは遅いので」

紅玉が言うや否や、あとを扉前に控えている玉香に任せて、正房を出ていく。

「蓮珠殿の周辺は、仕事熱心な方がそろっていますね、良いことです」

正房には蓮珠と冬来の二人だけになった。蓮珠は、長椅子の座る位置を変えると、冬来に並んで座ってもらった。人に聞かれたくない話をするなら距離は近いほうがいい。

「栄秋府の捕吏は栄秋市街を、殿前司や皇城司からの補助は官吏居住区の巡回を担当することで、うまくいっているようです。居住区に住む官吏たちからすれば、白奉城内で見慣れている者たちが巡回しているほうが、安心するようで好評です。そのため、官吏居住区の巡回は不自然に映っていないようです。白豹殿からも、華国側が居住区を探りに来ている様子は、いまのところないと、報告が上がっております」

　後宮の外の様子は、冬来が教えてくれる。もちろん、官吏居住区にある陶家の様子も聞かせてくれる。そういう時の冬来の口調は武官らしいものになる。だから、それを聞く蓮珠は、いかにも報告を受ける皇后という姿勢と言葉遣いになる。

「とても良いことですね。もちろん、城から補助を出さなくても皆が安心して暮らせる街の状態に戻ることが、一番良いことなのですが」

　予想通り、華王が帰国しそうな気配はない。相国側の官吏は、日々頭痛や胃痛と戦っている状態が続いている。時が長くなれば長くなるほど、翠玉の存在を知られる可能性は高くなる。予想通りに状況が進んでも全く喜ばしくない事態だった。

「……叡明様は、ことがこれ以上続くのであれば、翠玉殿を国外に逃がすこともありではないかとお考えです。威国か、今回縁付く凌国か。華国とのしがらみのある相国よりも安全な国に」

　冬来が声を潜めて言った。翠玉を威国か凌国へ……という叡明の考えは、行動することで、翠玉を守ることだ。翠玉を本当に守りたいなら、祈るだけでも願うだけでも、考えるだけでもダメなのだ。どう行動するかが大事なのだと兄は言っていた。だから、翠玉を華王でも手が出しにくい国に行かせることは、最善手かもしれない。

だけど、それはこの状況に対する最善手であって、翠玉にとっても最善手であるかどうかはわからない。蓮珠が、どう反応すべきか考えていると、冬来が、叡明本人は絶対に言葉にしないだろうことも口にする。

「叡明様も、翠玉殿の心情をお考えです。突如、自身の出生を知り、心の準備もできぬま他国へ向かわねばならないとしたら……、とても辛い想いをなさるだろうと。あなたも同じようにお考えでは？」

蓮珠としては、驚くばかりだ。あの叡明が、自身の思考が結論に達しているのに、その実行を相手の心情を考えて躊躇するとは。

「ずっと考えてきました。翠玉にとっては、どうなることが、最も良い結果なのかを」

間接的に知った叡明の想いに、蓮珠もまた自分の中の想いで応じることにした。

「なにも感傷的な想いからだけ、翠玉の行く末を考えてきたわけではありません。……例えば、華王が翠玉を見つけ、華に連れ去ったとなれば、わたしといるよりも確実に上質な生活を送れます。そのほうが翠玉にとっても良いではないかと言う者は、確実にいるでしょう」

一介の女官の妹としてではなく、一国の王の手元で暮らすこと。それを大出世だと祝う者はいるだろうし、中には羨む者もいるだろう。

「でも、華王が求めているのは、朱皇太后だけです。見た目のことだけではなく、所作も言葉遣いも、考え方さえも同じであることを求めるでしょう。そして、異なっていれば、手のひらを返したようにつらく当たる。……小紅様がそうだったように」

蓮珠は、おそらくとても数少ない朱皇太后も小紅も知っている人間だ。小紅を初めて間近に見たときは、確かに朱皇太后によく似ていると感じた。蓮珠が知っている朱皇太后とは年齢も違えば、健康状態も違うが、近くでよくよく見ると、目元や口元がよく似ていた。朱皇太后も、本来はあんな儚い笑みでなく、こんな風に笑う方だったのかもしれないと思った。もっとも、蓮珠は、血のつながりを知った上で見ているからこそ似ているところを探してしまうのかもしれない。

だが、逆に、皇后の身代わりとして、幾度か小紅と対話の機会を得て思うようになったのは、二人が『似ていない』ということだった。

小紅は、幼い頃から公主の扱いを受けてきたわけではないと聞いている。華王が、巽集落の生き残りを探して見出したとき、すでに数えで十四歳にはなっていたらしい。だからだろうか、華国の公主として生まれ育った朱皇太后に比べ、小紅は『隙がある』のだ。それは、決して悪いことではない。その隙が、華国から相国に嫁いできても、お高くとまっているように見えない、親しみやすさにつながった。小紅は、先帝後宮に最後に入ってきた大物皇妃だったし、明賢という皇子を産んだ人でもあるのだが、誰からも嫌がらせを受けることなく、いまも心穏やかに過ごしている。

ただ、華王からすれば、朱皇太后のような『隙のない完璧な公主』ではない、小紅は、見た目だけが似ているだけのニセモノだったのだろう。せっかく見出した巽集落の生き残りにして、朱皇太后に似ている少女を、華王は一年と手元に置かずに相国へ出している。

「翠玉は白渓に生まれ、都の下町に育ちました。公主として育ったわけではないのですから、身に着けている知識も教養も朱皇太后とは違います。もっと言えば、宮城で働いていますが、官吏ではないので政治はわかりません。あの子は、自分の書く文字が誰かと誰かの心の橋渡しになることを願って代筆業をしているだけ。自分の出自を知ったとしても、皇帝や皇妃とかかわることでどうこうしようなどという大望なんて、これっぽっちも抱くはずがないんです」

華王は、翠玉に失望したら、彼女をどう扱うだろう。翠玉は、小紅の比ではないほど、華王の理想とする血筋に近い。血筋だけを利用するために、子を産む道具扱いをするのではないかと思い、恐怖と憤りを感じる。

「翠玉殿は、まっすぐにお育ちになったとお見受けいたします。それは、蓮珠殿が、翠玉殿をとても大切になさってきたことの証ですね。……もし、叡明様のお考え通りに、翠玉殿が相国を離れることになったら、とても寂しくなるでしょうね」

言われて気づく。翠玉が相国を離れる時、蓮珠はそれを見送る側になるのだ、と。

「どうでしょう？　……肩の荷が下りたと感じるかもしれませんよ」

蓮珠は笑ってそう言った。

冬来の手が蓮珠の頬に触れる、そのぬくもりとやわらかさに、自分の表情がいかに冷たくこわばっていたかを悟る。

「そのような表情でおっしゃられても説得力がありません」

優しい笑みも声も、蓮珠の中に芽生えた別れの決意に気づいているのだろう。翠玉が相国を離れることになったら、蓮珠は見送る側になる。それは、別離を受け入れているのと同義だ。

「いずれ訪れるその日に、そんなお顔をされては、翠玉殿も納得できますまい」

もうずっと前から、いつか訪れる日だと知っていた。小紅の嫁いできた騒ぎが治まるまでは、翠玉が成人するまでは……と、何度も言い訳をして延ばしてきたその日が、ついに来る。その日が来たら、蓮珠がすることは、もう十年以上前に決まっていた。

「大丈夫です。あの子が納得しないままに姉妹としての生活を終えることはありません。

……翠玉には、わたしから話します。それが、両親や兄と、わたしが交わした最も大きな約束なのですから」

これまでになにがあったのかを翠玉に伝えることが、蓮珠の最後の役割だ。朱皇太后が母に翠玉を託した日のこと、両親が、兄が、どれほど家族として翠玉を慈しみ育てていたのか。それらを語れるのは、もう、蓮珠だけなのだから。

夜半、遠く人が騒ぐ声が聞こえた気がして蓮珠は飛び起きた。急ぎ夜着の上に、近くの長椅子に掛けてあった褙子《はいし》を羽織る。ほぼ同時に紅玉が駆け込んできた。

「蓮珠様、後宮内にて火災が」

「場所は？」

後宮でも皇城に近い場所で起きたとなると、皇城側にも対応をお願いすることになる。

蓮珠は、細かい場所を言われたときに備えて、自作の後宮建物図を広げてから確認した。

だが、それは、すぐわかる場所であり、今居る場所の近くだった。

「東五宮の芳花宮《ほうかきゅう》との話です」

そこは、飛燕宮妃となった呉淑香が、皇妃だった頃に賜っていた宮だ。主であった淑香が後宮を去って約一年、紅玉とも話していた廃材利用のために、優先的に取り壊す予定の場所だった。

「空宮で……？」

誰も使っていない宮だった。人気《ひとけ》がないのだから、普通ならば火の気もあるはずがない。

「と、とにかく、周辺の宮の妃嬪を大至急で避難させてください。金烏宮に報せは？」

嫌な予感がすれども、足を止めている場合ではない。すぐに動かねば被害が出てしまう。

宮に誰もいないことは、この際、良いことだと思おう。

「行かせております。すぐにでも皇城司を送っていただけるはずです」

答えたのは紅玉の後ろから入ってきた玉香だった。

頼れる二人がすぐに動ける状態であることに、蓮珠は瞬間安堵し、すぐに頭をこれからのことに切り替えた。

「わかりました。金烏宮に報せたなら秋徳殿がいらっしゃるでしょう。玉香さんは秋徳殿と合流し、宦官を指揮して消火活動を行なうようにお願いしてください。紅玉さんは、後宮警備隊《こうきゅうけいびたい》へ。隊の半分は妃嬪の避難に、残り半分は消火活動にあたるように伝えてください。燃え広がる前に火を消しきらねばなりません。人員の配分に不平を言う妃嬪がいましたら、皇后の命によるものだと言っていいです」

指示を口にしながら二人とともに正房を出る。

「蓮珠様も避難を」

紅玉が不安そうに言うので首を振った。

「いえ。後宮警備隊は避難する妃嬪についてもらうので、現場で避難指示をする者が必要です。わたしが行きます。災害対策の部署に居ましたから、多少は役に立つ知識もあるでしょう」

正直に言えば、蓮珠が所属していたのは水害対応の部署だったので、火事は門外漢だ。でも、両親と兄を、生まれ育った邑を焼失した。火災の犠牲者は出てほしくない。強くそう思う。

「動きましょう。素早い行動だけが、失うものを守るのですから」

きっと皇后本人がこの場に居ても同じように動いたはずだ。だから、これは仕事であって無茶をしているわけではない。蓮珠は、頭の中でそんな言い訳をして、急いだ。

玉兎宮の他の女官たちにも避難補助と消火活動支援を指示し、蓮珠は宮の東門を出た。

宮と宮の間をつなぐ道幅は、皇帝の輿が通れる前提でそれなりに広い。清掃を担当する宦官や女官の日頃の働きにより、道上に不要なものが落ちているということもない。燃え移る物がないなら、道幅もあるから火が玉兎宮や金烏宮に及ぶこともないだろう。道を急ぎながら、蓮珠はまだ戦争が終わっていなかった新人官吏の頃に叩き込まれた『戦火発生時の退去注意点』を思い出す。もし、十二歳のあの日にこれを知っていたなら、助かった者もいたのではないか、そんな思いから必死に覚えたものだった。

「空き家は危険。悪用を避けるために、速やかに更地にしとくこと……ってのも、あったような」

経験に基づく先人の教えは重要だ。蓮珠は口元をゆがめた。

芳花宮を空いた状態で放置していた責任は皇后にある。淑香が後宮を去ってから約一年になる。様々な出来事が立て続けに起きすぎて、後回しにしていた。それでも清明節以降は、落ち着いてきていたのだから、もっと早く空宮問題に着手するべきだった。人気のない宮が悪用されてしまうことを最も実感している身であるというのに。

「秋宮も鶯鳴宮も政治がらみで悪用されたけど、今回はいったいなにが理由で……」

思い出しながらたどり着いた芳花宮は、すでに夜闇を赤く照らしていた。

「……あ……」

いつか見た故郷の夏の夜が思い出され、蓮珠は足を止める。炎の色、煙の臭い、そこにあるはずのない酒の臭気を感じた気がして、動けなくなった。

「こんなところに突っ立って……、牡丹《ぼたん》の紋……？　皇后様、このようなところにいらしては危ないです、宮にお戻りください！」

褙子の花紋を見た太監が、叫んでその場に跪礼する。その声が、蓮珠を現実に引き戻す。

「わたくしの避難など最後で良い。火災の状況はどうなっていますか？　逃げ遅れている者やけが人は出ていませんか？」

太監に状況を確認した蓮珠は、周辺宮から消火活動に出てきた女官たちに、妃嬪に付き添ってすぐ避難するように指示した。その上で、消火活動中の宦官に、水をかける人数の半分を、延焼を防ぐために建物を壊す人員に回すよう命じた。

ばらばらと動いていた太監や女官が統制の取れた動きを始める。あとは、延焼を防ぐために遠慮なく芳花宮を壊すことだ。皇城司からも応援が来たので、蓮珠はすぐに建物を取り壊すように指示を出してから、作業の邪魔にならないように少し下がる。

「良かった。これなら被害は最小限に……」

安堵の呟きとともに通路の壁側に下がったつもりが、背が何かにぶつかる。

火災から少し離れたことで暗くて壁に近いのがわからなかったのだろうか。背後を確かめようとして動かした手が、掴まれた。

「素晴らしい采配だ、宮ひとつ焼いただけですませるなんて」

蓮珠を賛美する甘い声が耳に注がれる。反射的に手をふり払って距離をとる。

暗闇に浮かび上がる長身痩躯は、華奢な身体を強調するやわらかな線を描く絹の衣装をまとっていた。絹は、燃え盛る炎よりもなお紅く、わずかな灯りにも光を反射する金糸の刺繍で彩られている。

蓮珠が、もっとも会いたくない人物であり、同時に、最も会ってはいけない人物、華王が目の前にいた。

「……なぜ、ここに……後宮に、あなたが？」

「この暗さでも、僕が誰かわかるのかい？」

声に喜色を感じ、蓮珠はすぐさま否定した。

「お衣装で推測したまでのこと。……後宮では見慣れぬ衣装ですから」

華王が特別ではないことを、ことさら強調した。自分の発言に、この男がわずかでも喜ぶなんて、あってほしくない。

「……いまは蓋頭をしていないんだね？」

長身相応の長い手がのばされ、蓮珠の髪に触れる。

「そのような余裕、この状況ではございません。とにかく避難を」

先ほどとは違い、華王だとわかっているうえで手をふり払うわけにはいかない。蓮珠は、避難を促して距離をとろうとした。だが、特徴的な甘く絡みつく声は、蓮珠を追ってくる。

「待て。僕の用件が、まだ済んでいない」

用件と言われて、足が止まる。用があってここに来たというのか、他国の後宮に。

「は……？　……まさか、その用件とやらは、わたくしの顔を見に来たとかではないですよね？」

いくら国王という地位にあったとしても、他国の後宮に、皇后の顔を見に来るなんてことは許される話ではない。否定される前提での問いかけだったのに、むしろ華王は、微笑みを浮かべて蓮珠に応じる。

「そうだと言えば、何か問題が？」

総毛立つ感覚そのままに、蓮珠は強く反論した。

「大ありです。杏花殿から後宮の中心部に近い芳花宮で起きた火事なんて見えるわけがない。火事の混乱に乗じて後宮に入る、その計画が初めからあったとしか思えません！」

華王は、蓮珠の言葉を否定するでもなく、ただ微笑んでいる。目鼻立ちのはっきりした整った顔を、燃え盛る芳花宮の炎が照らす。火災に動じる様子もなく、蓮珠を見下ろす表情が、ただ怖い。

「まさか、女一人の顔を暴くために、後宮に火を放ったのですか……？」

華王は、今度は蓮珠の問いかけに答えず、見下ろしていた顔をぐっと近づけ、逆に問う。

「そなた、自身の出生を教えられていないのか？」

そうだった。蓮珠は思い出し、肩に力を入れた。華王は、皇后の顔を見ることだけが目的ではない。真の目的は、朱皇太后が死産したはずの娘であるか確認することだ。

「どなたかと勘違いされておられるのでは？　わたくしの父は北方大国の首長にございますよ」

皇后として強く抗議した。だが、華王は、尋ねたくせにひどく無関心な表情をする。おそらく、自分が聞きたい答えではなかったからだ。

「翔煌《すうこう》」

華王がたいして大きくもない声で、そう呟く。蓮珠が、なにかと思った次の瞬間、両腕が抑え込まれていた。

「なにを!?」

蓮珠は、自分を抑える人物でなく、それを命じた華王を睨んだ。

「威国は、公主といえども武術に長けていると聞く。我が従者の縛《いまし》めなど、たやすく抜けられるのではないか？」

華王は上機嫌だ。自分が得たいと思う答えに近づいていると思っているかだろう。悔しいが、冬来から習った初歩的な護身術で抜けられる腕の締め上げ方ではない。この翔煌のほうこそ、武術に長けているようだ。

「我が王。この者は武人として鍛えられた身体はしておりません」

鄒煌の言葉が、ますます華王の機嫌を良くする。

「そうだろうとも。……再び問うとしよう。自身の出生を教えられていないのか？」

望まれている答えが手に取るようにわかる。『知らないと言え、知らないなら自分が教えてやる』と、そう言いたいだけだ。

それも、華王の考える『出生について』であって、きっと蓮珠が翠玉とともに歩んできた日々を、悲劇に満ちた境遇にあったことに貶めるものだろう。

蓮珠は、鄒煌を睨んで腕に力を入れる。今度は、彼のほうから絡めとった腕を放した。

「……両親と兄を失った時、わたしは十二歳でした。誰かに教えられずとも、なにもかも覚えています。あれから十五年ほど経ちますが忘れたことなど一日だってありません」

蓮珠は、すべてをひっくり返すために、あえて華王が聞きたくもない話に替えた。己がうっとりと語ろうとしている相手は、姪でもなければ、姪ではないかと思い込んでいた威皇后でもない、ただの女官だと言ってやろうと思った。これ以上、華王の上機嫌顔など見ていたくなかったからだ。

「十五年前に……十二歳？」

それでは、双子と一歳差になる。十八年前に崩御《ほうぎょ》された朱皇太后が、その死の直前に産んだ女児であるわけがない。

「再び言わせていただきます。……どなたかと勘違いされておられるのでは？」

不機嫌顔になっていく華王に、蓮珠はわずかながら留飲を下げる。同時に、こんなことで朱皇太后の遺児でもなければ、威皇后でもないとバラして、不敬を問われるのではないかと、それ以降の言葉が出てこなくなる。正直、つまらなくなった華王がこの場をさっさと去ってはくれないだろうか。そんなことを考えていた。

「……君は何を知っているのかね？　我《われ》が具体的に誰を探しているとも言っていないものを、年齢に言及するとは」

人の話を聞いていないようで、聞いている人だ。蓮珠は、一瞬考えてから、何遼から聞いた栄秋の街の様子を理由にすることにした。

「本当にご自身の周囲の目を気になさらない方ですね。皇族の方々どころか宮城の者……いえ、栄秋の者でも何となく気づいておりますよ。栄秋で一番の若く美しい娘というのは、朱皇太后の生まれなかった御子の存命を信じ込んでお探しなのだと……」

一拍おいて、蓮珠は警戒と憤慨を思う存分見せつけた。

「その上で、人々の噂になっているのですよ。華王陛下が、威皇后様になにかしらなさるおつもりらしいと」

すぐに反応したのは、鄒煌だった。

「無礼な」

「ですが、従者殿。その懸念の的中が、今のこの状況ではないのですか？」

言い返した蓮珠に、鄒煌が言葉を飲み込んだ。

「万が一を考え、皇帝陛下のお考えにより、皇后陛下の身代わりを務めさせていただいておりました。もし、ここに居るのが皇后陛下ご本人であったらと想像するに、恐ろしいことです」

この場だけでなく、今後を含めて威皇后に近づくことがないように、公式の『皇后の影』であることを言葉として入れておく。あの叡明が身代わりを置くほど警戒していることを知れば、多少の策略でどうこうできるものではないと、華王ならわかるはずだ。

ただ、城の外の話を知りすぎている後宮女官が身代わりというのは、出来すぎた話になる。ここは引いておくべきだろう。

「……皇后様が他国の王と二人でいた。それだけで、不名誉な噂を流されてしまいます。どうか、このまま杏花殿にお戻りください」

ここにいるのが、蓮珠であれ本物の皇后であれ、後宮内に華王がいるのは、大きな問題になる。華王には、当てが外れたのだから、速やかにこの場から退いていただきたい。そう思う蓮珠とは逆に、華王はゆっくりと明瞭な言葉で蓮珠に確認してきた。

「身代わりを務めているお前は、威皇后の侍女か？」

それを確かめて何をするつもりだろう。蓮珠は、華王の言葉には、叡明並みの裏がある気がして、慎重に予防線を張った。

「身分を明らかにして、処分を訴えるおつもりですか？　火災の混乱に乗じて、他国の後宮に忍び込んだ身で？　いまここにいることが公になるわけにいかないのは、そちらのほうだと思いますが？」

質問に対する華王の返答はなかった。自分が聞きたいことを聞くまで、諦めるような人ではないのだろう。

「威からついてきた者か？　元々相の者か？　我が問いに答えよ」

「相国の者ですが……？」

蓮珠は、質問の意図を計りかねたが、律義に答える。すると、華王は高らかに笑いだし、蓮珠も幼いころからよく聞いていた子守唄を朗々と歌い始めた。

北のお山の彼方には　桃源郷があるらしい
それでもわたしは　ここにいる

あなたのとなりで　夢を見る
やわき衣に包まれて　桃源郷の夢を見る

「……なぜ山が北にある？」

歌い終わった華王の顔に、ぞっとするほど美しい笑みが浮かぶ。

「この子守歌自体は、高大民族の間に昔からあるものだ。だが、中央地域との山を北に見る華国の地でだけ『桃源郷』が『北のお山の彼方』にある。相であれば『東のお山の彼方』ではないのか？　誰が、お前にその子守歌を聞かせたのだ？」

雲鶴宮で明賢に教えた子守歌の歌詞に引っ掛かりを覚えた誰かが、華王に報告していたようだ。華国から嫁いできた小紅の周りには、華王側の者がいたということか。

あの子守歌は、蓮珠の母が歌ってくれたものだ。蓮珠も都に来たばかりの頃、幼い翠玉に幾度も歌った。あれは、華国の子守歌だ。

「じゅ……十二歳のときまで過ごした生まれ故郷は、相国の東北部にございました。威国との国境になっている小亀山が見えました。それがわたしにとっての『北の山』です」

なんとか胡麻化そうとする蓮珠の答えに、華王がますます笑みを深くする。

「小賢しい娘だ。だが、隠そうとすればするほど、お前がなにを隠したいのかに我は確信を持つのだよ。お前のその顔、子守歌の歌詞がどうして問題になるのか、お前はよく解っている」

翔央の忠告を思い出す。華王を警戒することが、警戒に値する何かがあると思わせるのだと。同じだ。隠せば、華王に隠すに値することがあると教えるだけだった。

華王の手が伸ばされる。逃れようにも、いつのまにか蓮珠の背後が壁になっていた。蓮珠には顔をそむけることしかできない。

「それを知られてはならないと思うのは、なぜだ？　誰がお前にそのことを我に知られてはいけないと言ったのだ？　……さあ、答えよ」

蓮珠の首をつかんだ指に力が加わる。問うくせに、答えさせる気がないようにしか思えない。

「なぜ、お前だけが最初から、我を警戒し、遠ざけ、憤り、憎んでいる？　……お前、我の何を知っている？　誰からそれを吹き込まれた？」

雲が晴れ、月明かりがあたりに落ちる。月の白光に火災の赤が混じる。目が合った。華王をこれほどはっきりと間近に見たのは、これが初めてだ。癖の強い髪を結ぶことなくおろしたままの姿は、薄暗がりに影を観ていた時も全体に細く思えたが、姿がはっきりと見えるいまのほうが、より細く女性的な容姿をしていると感じた。細い顎も薄い唇も、少し目尻の上がった大きな目。これらは、双子でなく、むしろ……。

「春蘭様《しゅんらん》……」

自らは、口にすることのなかった、その名前が口からこぼれ出た。目の前の人が、母がその名で呼んでいた人にあまりにも似ていたから。

「その呼び方……そうか、そういうことか。この国の者でその名を口にするのはただ一人だけ。お前、あの小うるさい女の娘だな？　我が妹を相国に引き渡した、裏切り者、朱黎明の！」

怒気を含んだ低い声、首に食い込む指が蓮珠を凍りつかす。

「十二のときに、両親と兄が死んだと言ったか？　死んだのか、あの女……ふははは。一度に亡くしたとなれば事故か流行り病か？　あの女に相応しい最期だ、喜ばしいぞ」

目を爛々と輝かせ、口端は抑えきれず歓喜に吊り上がっている。心の底から人の死を喜んでいる。

「お前を……娘を残して死んだか？　ならば、その愚かな選択、西王母の下で悔やませてやろう。今ここでお前を潰す。朱家の血など一滴も残させるものか！　この地上から枯れ果てるがいい！」

喉を絞められて、気が遠くなっていく。目も開けていられないほどに身体の力が抜けていく。なのに、華王の声だけが、蓮珠の臓腑に突き刺さるように響く。

「陛下、おやめください！」

もはや蓮珠には、鄒煌の叫びが近いのか遠いのかすらもわからない。だが、その声は別の誰かに届いたようだ。

「そこ、だれかいるのか？」

よく通る低い声が、誰何《すいか》する。この声は、幻聴だろうか。

「伯父上？　なぜここに……蓮珠！」

力の抜けた身体が、力強い腕の中に抱き留められた。圧迫する指から解放されても、喉は痛むばかりで、すぐにはうまく呼吸できない。蓮珠はまだ気を失いかけた状態を脱してはいなかった。

「なにを、なんてことを！」

翔央の手が蓮珠の頬に触れた。恐る恐る触れる指先がくすぐったい。そのことが、蓮珠に生きていることを実感させた。咳きこみながらも呼吸が戻り、霞んでいた視界が徐々にはっきりしてくる。

「その話し方は、翔央だね？　衛兵を連れてきたのか、それは、ちょうどいい……」

この場の緊張に相応しくない、甘く上機嫌な声がした。食い込んだ爪痕が残る首を押さえながら顔を上げた蓮珠は、華王と目が合った。華王はなにが楽しいのか、蓮珠を見下ろしたままで笑顔を浮かべると、まっすぐに蓮珠を指さした。

「衛兵よ、そこの女が、この火事を起こした。即刻処分せよ」

華王の見えない手が、再び蓮珠の首を絞めつけてきた。

第五章　蓮花、翡翠の盾となる

後宮のほぼ中心に位置する玉兎宮と東五宮の間にある通路には、翔央だけでなく、李洸と彼らが連れてきた十名ほどの皇城司もいたが、その場にいた誰もが、華王の言葉に動きを止めた。指をさされた蓮珠本人ですら、華王がいったい何を言い出したのか意味が分からなかった。

その中で誰よりも先に李洸が動き、華王の前に踏みだすと、慎重に確認した。

「失礼ですが、いま、なんとおっしゃいましたか？」

李洸は、そう問いかけながら、蓮珠を腕に抱く翔央を背に庇う位置に立った。

「華国の王自ら捕まえてやったのだ。感謝して、さっさと斬れ」

華王は、目の前の李洸にではなく、直接皇城司に命令する。隣国の王ではあるが、王の威圧が持つ強制力に、皇城司たちがぎこちなく動き出す。

「誰も動くな！」

翔央の怒声が場に響いた。蓮珠を腕に抱いたまま立ち上がった翔央は、伯父を睨んだ。

「……伯父上、ここは華国ではなく、相国だ。たとえ誰だろうと一人の言葉だけで、国民の命を奪うことはしない」

怒りを抑え込むその声は、低く強い。翔央は伯父から視線を外すことなく、背後の皇城司に命じた。

「皇城司、三名で伯父上を杏花殿に送れ。残りは李洸の指示に従い、消火活動を手伝え。……彼女は俺が医局に連れていく」

翔央の命令に従い人々が動こうとした矢先、黙っていた華王が鼻先で笑う。

「……ここは相国、か。なるほど。ならば、その女を華国へ引き渡してもらおう。我に対して、許しがたい無礼な振る舞いをし、暴言を吐いた。華国の法により処分する」

蓮珠は、翔央の腕の中で瞑目した。華王は、なにがなんでも蓮珠を、いや、朱家の血が一滴でも流れる者を生かしておきたくないらしい。

「ご自身がなにを言っているのか、わかっているのですか、伯父上？」

翔央の声に抑えきれない怒りがにじみ出る。翔央は火災が蓮珠の手によるものではないことを知っている。蓮珠が、そんなことをするわけがないと解っている。

「あなたは……、自分の都合だけで、相の民を殺せと言っているんですよ」

蓮珠を抱き支える翔央の腕に、力がこもる。

「それがなに？　……その女には国の許しもなく国を出ていった女の血が流れている。最低でも半分は華国の者だ。ならば、その体をどうするかの半分は、華の国王である僕が決めていい領域だよ」

華王は、一人称を再び『僕』に戻し、甥っ子相手の親しげな口調で言う。華王の言葉は、それはそれで王族らしい言葉だと言える。王族ではない庶民を生かすも殺すも、決めるのは王である自分であり、その正当性を疑いもしないというところが。

「彼女はこの国に生まれ育ち、この国のために生きてきた。……髪の毛一本まで相の民であり、皇族としてこの国の上に立つ自分が守るべき存在だ」

その言葉は、李洸や皇城司にこそ刺さったようだ。彼らが小さく呟く感嘆には、翔央への信頼と尊敬を感じる。もちろん、蓮珠だって翔央の言葉はうれしい。でも、同時にこの場の誰よりも華王がそれで揺らぐことがないことを知ってしまっている。

「国王とは、国の絶対的支配者だ。国土と国民を好き勝手にすることを天帝に許された特別な存在なんだよ」

教師ができの悪い生徒を諭すような言い方で、華王は己の正しさをなおも主張する。場の皇城司たちがざわめく。その声に混じるのは、不快と困惑の感情だった。彼らも感じているのだろう。華王が持つ、人間としてのどこか歪んだ薄気味の悪さに。

「なんというか相容れませんね。……我らが相国は西王母様にご加護いただいておりますから。お許しは天帝でなく、西王母様よりいただいてもらえますかね」

李洸が冷静な口調で、でも、譲らないのはこちらも同じだという挑戦的な笑みを貼り付けて、反論を続ける。

「いいかげん、お帰りいただけませんか？　ここは相国の政治の中枢栄秋の白奉城なのです。この場では、相国の法が順守されるのです。あなたの支配領域ではないのですよ。ですから、許可なく後宮に立ち入りました者には、我が国の法に基づいた罰を受けていただかないといけないわけです。皇城司には、杏花殿ではなく、栄秋府の牢屋へ送らせましょうか？」

今度ばかりは、華王の従者も分の悪さを感じているのだろう。鄒煌《すうこう》は、蓮珠のときのようには反論せずに、黙って主である華王の顔を窺っている。

李洸もそれを見て、押す相手を鄒煌に変えた。

「ここに居たことが公になって困るのは、そちら側だと言っているのですよ。……ここで引き下がり、『ここには居なかった。ここでは何も起こらなかった』を受け入れないというのなら、我が国としても、相応の対応をせざるを得ないのですが？」

李洸の口調は、いつも以上に冷静だが、言っていることは外交問題山積である。ちょうどいいから華国側に溜まり溜まった不満をぶちまけただけだと思われる節もあるが、その意図は明らかで、蓮珠はありがたさに少し喉の痛みが和らいだ気がした。

「……り……こうさん、やり、すぎです。あり……がとうござい、ます」

蓮珠は翔央の腕の中でなんとか身を起こすと、かすれた声で李洸を止めた。

相国の法律は基本的に身分差に関係なく、罪そのものの内容を問う。華王の主張通り『華王に対する暴言』が即時処分を必要とする罪だと言うなら、後宮勤めの女官も丞相も等しく罰を受けることになる。とはいえ、さすがに筆頭丞相が相手では、軽々に処分が下されることはないし、それ以上に他国の者が筆頭丞相の即時処分を要求するのは、大陸中から非常識と誹られる行為だ。

「陛下、戻りましょう」

鄒煌が華王を促した。李洸の判断は正しかったようだ。後宮まで付き従ってきた時点でどうかと思うが、少なくとも華王より鄒煌のほうが冷静な判断ができるようだ。

鄒煌は、李洸と華王の間に入る形で主より半歩前に出る。

「我々は火災に気づき、何か手伝えることはないかと、ここまで入ってしまっただけです。他国の後宮に対しての特別な意図はない。あくまでも人命救出を考えていました」

鄒煌の弁解は、悪びれてもなく、この場を収めるには、充分であった。

「……今回は、そういうことにしておきましょう」

李洸が返し、皇城司数名に杏花殿まで送るよう改めて指示を出す。その間も、華王の目は蓮珠だけを見ていた。視線で殺せるなら、そうなってしまえとでも言いたげなほど、強く鋭く睨み下ろしている。

「伯父上。御身のためにも、火災現場からさがってください」

翔央が身体の向きを変え、華王の視線から蓮珠を隠した。

「……そういうことにしておこう。今回は、ね」

李洸の言葉を逆手にとって、華王が身を翻す。迷いなく皇城側の門へ向かう華王を皇城司が慌てて追う。鄒煌は、その場で翔央と李洸に跪礼してから、華王の背を追いかけていく。場の緊張が、芳花宮の火災に戻る。

「いまのことは忘れろ。急ぎ、消火活動を行なうんだ！」

翔央の声に、場に残っていた皇城司が一斉に動き出す。

消火活動の采配はお任せできる。蓮珠は、安堵と同時に急速に視界が狭まっていくのを感じ、呟いた。

「……翔央様、後宮のみんなをお願いします」

意識を手放しかけたところに、翔央のやわらかな声がそっと落ちる。

「まったく。まずは自分が先だろうに……」

乱れた前髪をすく指先が優しい。これだから、自分以外が先になるのだ。だって、彼の腕の中以上に安全な場所なんて、どこにもないのだから。

気を失って、目を覚ますと自宅の寝台の上、ということが、この一年で何回かあったように思う。多くの時間を後宮内で過ごすようになったため、見慣れた天井ではないのだが、慣れた状況ではある。意識を失うような出来事があって、目覚めると……というのは、慣れていいものとは思えないが、致し方ない。

「お姉ちゃん、目が覚めた？　すぐに真永さんに頼んでお医者さんに来てもらおうね」

翠玉の声が、まだ傍らに居て、『お姉ちゃん』と呼んでくれる。華王の手は、まだここには届いていない。そのことに、身体の奥から深い安堵が湧き上がる。

「どこか痛む？　泣きそうな顔している……」

「大丈夫、帰ってきたことに安心しているだけ」

蓮珠は意識して笑みを作り、医者を呼んでくれるように促した。

しばらくして現れたのは、以前はよく見ていた元同僚の顔だった。

「……ん？　何禅《かぜん》殿、お見舞いにきてくださったのですか？」

問うと、笑い返された。

「おお、やはり陶家は陶蓮様のお宅でしたか。愚弟が大変お世話になっております、何家三兄弟の真ん中、医者をしております、何旭《かきょく》にございます」

医者という職業柄官服に近い丸襟の長袍姿なのが、またややこしい。のんびりと話す何禅と同じ顔なのに、明瞭な言葉遣いの挨拶をされるという不思議体験。なにも知らせずに何禅の直接の上司である黎令《れいりょう》を連れて来て、体験してほしくなるほどだ。

「えっと……玉兎宮付き女官として、何遼《かりょう》殿にもお世話になっております」

何禅の長兄は、西界を中心に運送業を展開する商人だ。何遼には、後宮仕えになってからのほうが、お世話になっている。

「いえいえ、こちらこそ。兄弟三人御贔屓《ごひいき》に」

運送業はともかく、医者や役人を御贔屓にするのは、どうなんだろう。育った環境が、長兄の継いだ運送業だからか、何禅にしろ、何旭にしろ、商人気質が抜けていないのかもしれない。

「で、では、診ていただけますか？」

蓮珠はごひいきの手始めに、医者としての仕事をしてもらうことにした。

とはいっても、気になるのは首のあたりぐらいだった。火事の現場には居たが、それは消火活動の指揮を執るためであって、火の粉が飛んでくる距離には近づいていなかったからだ。

「火災現場の避難活動で無茶をなさったと伺いましたが、火傷らしい火傷もなく、多少苦しい思いをなさった痕が残っているぐらいですかね。まあ、それもこのていどなら、消えるのにさほど時間がかからないでしょう。良かった、良かった」

さすが、何禅の兄。ふくよかにして和やかな見た目だけで、傷が癒えていく気がする。同時に色々気づいていても言葉にはっきり出さないあたりの怖さが胃に染みる。

実際、華王の細腕だったからなんとか首に痕がつく程度で終わったが、あれが翔央や冬来並みの腕だったら、誰かが来る前に息の根が止まっていただろう。

助かった、とは言い切れない。華王はあくまで「今回は」と言って、去っていったのだ。朱皇太后の遺児を探すのと同様に、蓮珠の息の根を止めることにも、華王独特のあの絡みつくような執念を発揮して、けっして諦めることはないだろう。

「……痕が、本当に消えてくれるといいんだけど」

何旭の帰った自室で、一人、まだ痛む首筋に触れる。次に再び華王に襲われたら、痕が消える間もなく、きっと今度こそ翠玉に会えない身になる。今回は華王らしくない衝動的な行動だった。次回は、きっと違う。蓮珠がどれだけ逃げても追いつめられて、絶望のうちに息絶える、そんな完璧な計画を用意してくるだろう。

考えるに、きっとあれが良くなかったのだ。翔央にも言われた、蓮珠だって気を付けていたつもりだった。それでもどうしようもなくにじみ出ていたのだ、華王への嫌悪と警戒が。本物の威皇后であれば、華王に対して警戒、嫌悪を抱くのは後宮に忍び込んできてからだったはずだ。それなのに蓮珠は明らかに華王に対して最初から警戒が強く、雲鶴宮に来た使者を追い返した言葉には、嫌悪がにじみ出ていた。使者にしてみれば、『蛮族の娘のくせに不敬な』というところだろうが、使者からの報告を聞いた華王は、そこに蓮珠が滲ませてしまった感情を正確に読み取ったのだろう。

「なんて怖い人なんだろう」

蓮珠は、震える自分の二の腕を強く押さえた。そして、肩から掛けたままの褙子に気づいて、手を放す。翔央が家に送り届ける時に蓮珠に掛けてくれて、そのまま置いていったものだった。握った部分にしわが残らないように撫でれば、華王の手から解放されたあと、翔央が抱きしめてくれていた時のことを思い出す。

「早く治して、お礼をしなきゃ」

どうしてあの場で華王が蓮珠を処分しようとしたのか、彼にも話さなければならない。あの執念の炎は、朱家の血が、この地上から絶えるまで消えることはないだろう。

「朱景殿にも、今回の件を報せておいたほうがいいかも」

長く榴花公主の傍らで女装をして目立たぬように生きてきた朱景も、いまでは異国で男性として榴花公主の傍らに立ち、悪い虫が近づかないように、存在感たっぷりに側仕えを務めているはずだ。亡命した以上、華国に帰ることはないはずだが、今回の訪相のように、華王が突如として威国に向かう可能性はある。特に翠玉が……というより朱皇太后の遺児が相国で見つからなかった場合、華王は捜索の手を威国に伸ばすかもしれない。国交があろうとなかろうと、そこに朱皇太后の遺児がいるかもしれないとなったなら、華王は威国へ乗り込むだろう。

「問題は、威国にどうやって報せるか、か」

見慣れているようで見慣れていない天井を見上げて唸った蓮珠だったが、わずか一日にして、それは突如解決する。いきなり相国を訪れるのは、なにも華王だけではないのを、蓮珠はうっかり忘れていたのだ。

自宅の寝台で目覚めた日の翌日、空も夜の色に変わってきた頃、夜の静寂を吹き飛ばす声とともに陶家に客人が訪れた。

「陶蓮、翠玉！　久しぶり！　はいこれ。威国土産に猪肉《ししにく》持ってきたわ。これ食べればすぐ元気になるわよ」

旅人姿の威公主《いこうしゅ》が結構な量の猪肉を手土産にやってきたのだ。

それにしても、どういうことだろうか。後宮で火災が発生し、蓮珠が自宅に戻ってきてから、まだ丸二日と経っていないはずなのだが、訳知り顔の隣国の公主が土産付きで来るとは。いったい威国との連絡網は、どうなっているのだろう。蓮珠は、受け取った猪肉の包みを真永に預けると、家長として客人を迎えた。

「威公主様、お元気そうで何よりです……が、栄秋に来て皇城に挨拶に行く前に、我が家に寄られるなど、多方面に心臓に悪いので、ご勘弁いただけないでしょうか」

旅人姿をしているということは、城には顔を出していないということになる。

「安心して。皇城にはいかないわ。白姉様が伝書鳥でお前が怪我したって送ってくださったから、急ぎお見舞いに来ただけよ。威国もちょっといま立て込んでいて、すぐに戻らなきゃならないから」

伝書鳥を飛ばした冬来は、当然威公主が相国に来ることを予測済みだろう。それで城に顔を出さないで帰ると言われても、なにも安心できない。

「家人を雇ったのね。例の家令が猪肉料理したらどうなるか楽しみだったんだけど」

お茶を運んできた真永を見て、そう口にしたが、茶器を並べる姿を見つめ、訂正する。

「……あ、でも……お前、期待できそうね」

なにが期待できるのか、蓮珠にはさっぱりわからないが、真永は威公主に微笑む。

「ありがとうございます。……いただいた猪肉は鍋にいたしますね」

「ええ。やっぱり、猪肉はしゃれた料理より豪快に鍋よね。楽しみにしているわ」

真永が軽く頷いて下がると、翠玉も席を離れた。

「私もお鍋手伝ってくるね」

家長の妹は、客人を迎える側だと思うが、ここは良しとしよう。表向き家人ではあるが、真永も客人と言えば客人、それも国賓だ。一人で鍋の支度をしてもらうのも、どうかと思わなくもないので、やはり良しとするよりない。真永について、翠玉には細かいことを言っていないが、蓮珠が不在中、翠玉は、真永と、それなりにうまくやってくれていたようだ。

二人を見送る蓮珠に、威公主がお茶を飲みながら言う。

「白姉様の伝書にあったとおりね。いい人物を家人にしたじゃない。ダメそうなら、まともに動けるようになるまでは、栄秋に居ようかと思ったけど、これなら大丈夫そう」

冬来は、威公主への伝書に真永についても書いていたらしい。

「威公主にもおわかりになるんですね。私は『腕が立つ』とはお聞きしているのですが、幸いにしてその腕前を見る機会がないので……」

ここまで言われるくらいだから、真永は高位の武官なのかもしれない。相国は、重文軽武の国だから武官の地位が全体に高くないが、もしかすると、凌国には、親書を預けられるほど高い身分の武官というのがいるのかもしれない。

「わからなくてもしょうがないわ。彼、ワタクシが実力のほどを測ろうとしたから、隠していた気配をわずかに見せてくれたのよ」

本日のお茶請けは、小麦粉に蜂蜜を加えて丸めた揚げ菓子だ。威公主の好みなのか、話しながらも三つ目を食べようと皿に手を伸ばしている。

「隠していた……？」

小首を傾げた蓮珠に、揚げ菓子を頬張る威公主がコクコクと頷く。

「そう。いかにも強い見た目の者で本当に強い者も、確かにいるのだけど、世の中怖いのは彼のように見た目にはわからない者ね。ここぞという瞬間まで、得物《えもの》がなにかさえも悟らせないから、仕掛けるのも受けるのもとても難しいの」

身構えるにしても、どんな武器を想定して身構えればいいのかわからないということか。

それは、やりづらい相手だというのは、蓮珠にもわかる話だが、ひとつわからないことがある。

「なぜ、隠すのですか？　武の者は武の者であることを示すものではないのですか？」

あの翔央でさえ、武官であった頃、その実力のほどは周囲に見せずとも、棍杖を携えて武官であることは示していた。武官か文官であるかという宮城の話に限らず、学者は学者の、商人は商人の、医者は医者の格好をするし、その職特有の空気をまとっているものだ。

凌国の新王からの公式の使者として親書を持ってきた以上、真永は白豹のような陰で動く役割にあるわけではないはずだ。現状、家人をやってもらってはいるが、自国では多くの家人を雇っている側の人だろう。だが、李洸のような有能な文官の空気も、許妃《きょひ》のような武門の名家の人間の空気もまとってはいない。

「わたし、真永殿が何者なのかは詳しく聞かなかったんです。皇后様のご推挙ですから、身元の確かさを疑う余地なんてないですし、日常の姿を見ていれば、だいたいわかるとも思っていたんですよ」

蓮珠は、戦争孤児として下町の福田院に育ち、そこから官吏になり、いまや皇后付き女官の職にある。さまざまな階層の人々と直接接してきたことで、そのまとう空気から職種や地位、立場など、だいたいのところを察することができるようになった。

「なんだか、真永殿って、透明なんですよね。人となりは信用できると思っていますが、背景が見えない感じが、少し怖いです」

蓮珠は正直に真永について感じていることを威公主に話した。

揚げ菓子に伸びる手を止め、威公主が腕を組み少し考える。

「そうね……。我が威国は武を尊び、個人として強いことこそが価値を持つ。わかる？」

「ええ。それは理解しています」

蓮珠も手にしていた茶器を卓上に戻し、聞く体勢を作る。

「けど、相国では威国での価値と同等の評価はされないでしょう？　この国では、糸目丞相のほうが、ワタクシよりずっと高い評価を得るわけよ」

瞬間、蓮珠は心を無にした。ここで笑えば、どこかで聞いている白豹を通じて、李洸の耳に届く。それは、ものすごく怖い。

「怖いって、相手のほうが強いと知っているってことなの。ここにいなくても、いま陶蓮はあの糸目丞相が怖いと思ったでしょう？　この国では目の前にいて、それなりの武力を行使できるとわかっているワタクシより、恐怖を感じる強い者がいるわけ」

それは、蓮珠が威公主を李洸より下に見ているという意味だろうか。蓮珠が訂正しようとすると、威公主が右手でそれを制し、さらにその右手で新たな揚げ菓子をとる。

「大丈夫よ、陶蓮の言いたいことは、わかっているから。……ただね、知恵ある者は継続的な怖さを持っているというのは、事実よ。あの白姉様だって、『叡明様には勝てません』だから。瞬間的な力の勝負に持ち込まない知恵、長期戦を維持する知識、隙を見出して単純な武力の差を逆転させる発想。武の技量に頼る者は、それらを軽視する者が多いから、気が付くと負けていたりするの。本当に怖いわよね」

威公主は、そこで少し唸った。

「こういう話をするときって、理解していれば解かりやすく話せるんだろうけど……。ワタクシ、あの国の考えっていうのを、正直理解できないと思っているから、うまく話せるかわからないのだけど」

威公主は前提を置いてから、凌国という国の話を始める。

「武も智も『個人の技量』によるところが大きいけど、技術は違う。……彼は凌国の出なのでしょう？　あの国は技術の国だわ。技術って、理屈があって継承可能なものだから、実のところ『集団の技量』だと思うの」

蓮珠は、ぼんやりとではあるが、威公主が言わんとしていることを察した。

「彼は、個人の技量を示してはならない環境にある？」

蓮珠が言うと、『そう、それ！』と威国語で嬉しそうに言ってから、威公主が続けた。

「あるいは、知られると厄介だから隠して周囲を欺き続けなければならない立場にあるかもしれないわ。いま玉座で不機嫌顔を作っている白鷺宮様が、ソレね」

話が翔央に飛んで、蓮珠は、かねてから威公主に聞いてみたかったことを尋ねた。

「威公主様の目から見ても、翔央様はお強いですか？」

威公主が顔をしかめる。

「本気でぶつかれば、ワタクシでは勝てないわね。……一対一で白姉様に勝てる人はいないから論外として、ハルとならいい勝負にはなりそうだと、ワタクシは思っているけど？」

そう言う威公主は、蓮珠から視線をずらしていた。誰に言っているのか、と蓮珠が振り返るとそこには、更なる客人が来ていた。

「その評価、大変嬉しく思うぞ。では、次に会う時は、ぜひハル殿とお手合わせ願いたいものだな」

そう言って笑う翔央の後ろからは、叡明と冬来の姿もある。

「翔お……主上、白鷺宮様。冬来様まで」

慌てて椅子を立ち、跪礼する蓮珠に、部屋の扉から真永が顔を覗かせる。

「お見舞いだそうです。どなたもお時間が限られていらっしゃると思いまして、お通しいたしました」

家人の客人への気遣いには申し分ない。ただ、できれば、蓮珠の心臓と胃も気遣ってほしい。自宅にこの顔ぶれは、お見舞いでなく悪化させに来たようなものではないか。

「我が家で、多国間会合をするのは、やめてもらえませんか。火災の傷が癒えても胃の痛みが増すばかりなのですが」

蓮珠が嘆く間にも、どこからか新たな客人の椅子が出ていて、厨房からは真永がお茶を運んでくる。ただの家人ではないと知っている人たちの前で、お茶を出してもらうのは、これはこれでまた胃の痛みが一層強くなる。

「この顔ぶれになったのは偶然だ。いくら僕でも予測できないことはある。……手紙に軽傷だと書いてあったはずなのに、わざわざお忍びで見舞いに来ている他国の公主がいるとかね」

威公主のほうを見れば、彼女はあらぬ方向に視線を漂わせていた。それでもじいっと見つめていたら、背から降ろして足元に置いていた旅荷物から手紙を一通取り出した。

「それは、お見舞いだけじゃないからです！ ……華王が関わっていることが書かれていたから、我が国に滞在中の南生まれの庭師に話を聞きに行ったら、『大至急で逃げたほうがいいから一筆書く』って。それが、これ！」

手紙は、叡明の字の見本にしてほしいくらいにとても優美な字で書かれているのに、内容はとにかく逃げろの一点張りという、見た目と内容の乖離が激しいものだった。

「……これって榴花公主様からですよね？ 威国に亡命して庭師になられたのですか」

榴花公主は、先王の子の中で数少ない生き残りだが、今上の華王の代になっても、榴花園という庭園に閉じ込められた状態のまま放置されていた人だ。直接的ではないにしろ、華王という人を良く知っているのだろう。

ところが、手紙の差出人は、最も直接的に華王の怖さを知っている人物からだった。

「正確に言うと、一筆書いたのは朱景のほう。でも、二人とも宮城お抱えの庭師よ。おかげで、華やかで高度な技術を要する華国式庭園の作り方が急速に広まっているわ」

さすが長く榴花公主の侍女を務めていた人だ、あまりにも女性的な筆跡だったので、朱景からだとは思わなかった。

「はは、ついに四方大国が、ここに集結……」

一国は書面にて参加だが。蓮珠が引きつった笑みで手紙をたたんでいると、翔央が、茶を飲みながら大きく頷く。

「いや、華国の者の書面はありがたい。俺の言いたいことも同じだ。大至急で伯父上から逃げたほうがいい」

いつの間にか、蓮珠の隣に椅子を移動させて、座っていた。

「ここは気安く人が訪れやすい」

気安くここで集まっている側の人に言われたくないし、こちらも国家元首級の大物ばかり来る状況に、他でやってくれないかと常々思っている。呼び出していただければ、どこへだって出向くというのに。

「人の出入りが多いということは、情報が漏れやすいということでもある。蓮珠、伯父上が火災の夜に現場で避難指示をしていた女官を探している。時間がない」

最新の宮城事情に、蓮珠の背が跳ねる。場の空気が、急に緊迫したものに変わった。

叡明が一同の顔を見てから、軽く手を上げる。

「ここからの提案は僕がする。みんなには、少し下がっていてほしい。……知っている者が少ないほど、計画の穴はなくなるからね」

この場合の『みんな』に冬来は含まれていない。部屋には、叡明と蓮珠、そして、扉近くに冬来が立った。

「まず今回の件だが、泣き寝入りしてくれ。火事の件で犯人を明らかにすることはできない。……対処しなければならない外交問題になる。それがわかっていて、伯父上は好き勝手をしたのだろう。腹立たしい限りだが、中央地域の状況を考えると今隣国ともめ事を起こすわけにいかない」

叡明に言われるまでもなく、蓮珠は火事の場で起きた件で、誰かを訴える気などない。通り雨に降られた、ただそれだけだ。

「その上で、提案だ。翠玉とともに上皇宮に入れ。……あそこなら、めったに人は出入りせず、出入りする者もごく限られている。なにより、あそこだけは伯父上自身が近寄らないようにしている場所だ。顔を合わせれば、衝突必至の相手がいる場所だからね」

先帝の居所である上皇宮は、栄秋の街壁の中にはあるが、白奉城からは少し離れた場所にある。街の中心部から離れており、周辺も古参の上級官吏たちの大きな屋敷が並ぶ静かな地区だ。

「上皇宮に行って、傷が癒えればわたしは後宮の内務に復帰ですか。……翠玉を上皇宮に残して？」

蓮珠は、叡明の答えがわかっていたが、それを確認した。

「陶蓮。……時が来たんだ」

間接的な言葉ではあったが、叡明は蓮珠が予想していた内容を返した。

「君が両親に……より正確に言えば、朱黎明に託されたのは、翠玉を無事に父上のもとに送り届けることだったんじゃないか？」

武装した者たちによる襲撃と火災、切羽詰まった状況で、母から蓮珠に伝えられたのは、わずか二つ。一つは、『栄秋にある城の主に、翠玉を無事に送り届ける』というもので、もう一つは、『翠玉の存在は、華王にだけは見つかってはいけない』だった。

「でも、都に着いたあの時、栄秋には初陣に出られたお二人の安否を案じて、華王が来ていると都の人々が言っていました。そんな宮城に、翠玉を連れていけなかった」

同時に、蓮珠自身、両親と兄を喪ったばかりで、妹まで失いたくはなかった。だから、白奉城の門前まで行ったが、翠玉の手を離さないまま、福田院に戻った。

「お前は、すでに気づいていることだろうけど……白渓から逃げたお前たち二人を拾ったのは、同じように敗走途中だった僕らだった」

あの夏の夜、白渓を含む相国東北部では色んなことが起きていた。前線では、威国と相国の軍がにらみ合い、少し離れた場所では初陣の名目で慰問に訪れていた双子の皇子が敵の遊撃部隊の襲撃を受けていた。そして、そこからそう遠くない場所で、小さな邑が、戦争を終わらせないための口実にするため襲撃されて焼かれた。

「……はい、気づいておりました」

ただ、そのことを面と向かって翔央に尋ねることはしていない。

「僕は、すでに『白渓』の名を知っていた。そこに誰がいるのかも含めてね。だから、翔央が二人を馬車に乗せた時点で、なにがあったのか悟った。……あの頃、戦地に近かった東北部に、子どもはほとんどいないからね。……すぐに都の父上の元へ、そう思って栄秋に向かう道を急がせたけど、都に着いたところで伯父上が来ていることを知った」

叡明がそこでため息をついた。そこまで言われれば、蓮珠にもわかる。

「ああ……、だから、わたしたちを宮城から一番遠い下町の福田院に降ろしていったんですね」

「そういうことだ。父上にだけは、このことを知らせてあった。……福田院への資金援助や物品の寄贈が絶えなかったのは、そのためだよ」

なるほど。当時の皇帝がよく福田院に配りものをしていたのは、そういう裏があったからか。教育に関わる配給品が多かったのも、そのあたりが理由なのだろう。

「本当は、陶蓮が成人して福田院を出なきゃならなくなる時に、翠玉をこちらで引き取るつもりだったんだ。お前が成人するまでは姉妹で過ごすほうがいいと、父上が言ってね。お前から両親と兄と故郷を奪ったのに、妹まで奪えないからって」

翠玉の存在を知っていたのに、最近まで見逃されていたのは、先帝のお考えあってのことだったらしい。

「あれは、呉然《ごぜん》が威との戦いを長引かせるために仕掛けたことです。先帝に責などありません」

首を振った蓮珠に、叡明はこれまで以上に声を潜めて言った。

「ずいぶん都合がいい話だと思わなかったか？　当時の皇帝の寵姫が産んだ子を、隠し育てていた邑が、たまたま戦いを長引かせる口実に焼かれるなんて」

誰を警戒しているのだろうか。蓮珠は自然と叡明のほうに少し顔を寄せて確認していた。

「どういう意味、ですか？」

叡明の目がわずかに鋭くなる。こういう表情は、翔央にはあまりないものなので、双子といっても、やはり違う人物なのだと改めて思う。

叡明は、そのとても叡明らしい表情で、「官吏だった陶蓮なら理解しやすいと思うけど」と前置きしてから、先ほどの言葉が意味するところを口にした。

「どんな地方の街や邑も、中央とのしがらみがある。呉然は『白渓ならば、犠牲にしてもいい』という許可を中央の上のほうから得ていたからこそ、廂軍《しょうぐん》（地方軍）を借りて焼き討ちにするなんて暴挙に出ても、なんの問題もなかったんだよ。翠玉がいる邑だから大きな派閥の影響下に置くことを避けていたのが裏目に出たとも言える」

多くの中央官吏が、科挙合格後に地方の上級職で経験を積んで中央に戻って来る。また、その配置には、派閥の勢力図が関係している。力の強い派閥は、治めやすく利の大きな地方に自分の派閥から人員を出す。地方上級職につけてもらった者は、せっせと派閥のために担当する地方の利を中央へ送る。このように、中央と地方は密接な結びつきを持っていて、派閥から出した地方官吏がいる地域には、中央側も厄介ごとを起こさないようにするものなのだ。

叡明の話の通りならば、当時、白渓を守りたい中央の派閥はなかったというわけだ。つまり、かつて呉然が言っていたように、本当の意味でどこでも良かったわけではなかったということになる。

「中央の上の……誰が、そんなことを？」

叡明の目が鋭さを増す。これは、言いたくて言えない考えを口にしようとするときの双子共通の顔だ。翔央のこの表情を見ると、李洸が一旦制止をかけて、先に一人で翔央の話を聞いて、他の人間も聞いていい内容かどうかを判断する。それぐらい、この表情を浮かべた時に続く話の内容は、抱えたくもない秘密になることが多い。

「あの頃の宮城で、もっとも権力を持っていて、華国の血を引く者が自分の近くにいることを嫌い、母上が皇后位に就くことに最後まで反対した人物だよ」

さすが叡明。翔央のように、そのまま名前まで口にすることはなかった。でも、そこまで聞けば、宮城にそれなりに長くいる人間なら大体わかってしまう。

「それって……」

呉太皇太后。先帝の御代の十八年間の四分の三にもなる長い時間、相国を実質支配していた人物だ。

蓮珠の中の答えを、叡明が肯定する。

「あのころは、まだご存命だったからね。……だから、あの初陣で僕らが奇襲を受けて敗走に追い込まれたのも怪しいものなんだ……まあ、いまは、この件は置いておこう」

叡明は、言葉を区切ると話題を元に戻した。

「あの人が皇城にいるうちは、翠玉を迎えるのは控えたほうがいいと思ったので、僕も父上の考えに賛同して、君たち『姉妹』のことは、遠くから見ているにとどめた。お前は、都に来た時点で十二歳になっていたから、成人までは数年。たいして長くなる話じゃないと思っていたんだよ」

そこでも『いくら叡明でも予測できないこと』が起きた。

「でも、わたしが成人するころに、華国から小紅様が嫁いでいらした……」

蓮珠からそれを口にすると、叡明が頷く。

「そう。華国との交流が一時的に活発になった時期でもある。同時期に翠玉の存在を明らかにすることは危険だと判断し、少し時間を置こうと父と話していたが、その後は明賢が生まれたことで、また華国の出入りが増えたから、時機の見極めが難しくなってね」

先帝と叡明の側にもいろいろな事情があったようだ。蓮珠は蓮珠で、福田院に戻って少したって冷静になったあたりで重要なことに気づき、翠玉を城に連れていけなくなっていたのだ。そのあたりの事情も叡明は察してくれていた。

「お前はお前で、翠玉の身元を証明するものがないことに気づき、長く手をこまねいていたね。官吏になったのも、父上と話ができる場所まで行く、確かな身分を手に入れるためだった。違うか？」

そういうことだ。邑ごと焼失し、姉妹で愛読する物語にありがちな『実は貴い血筋であること』を証明する品も燃えてしまった。姉妹は、本当に身一つで逃げのびたのだ。

「恥ずかしながら……そのとおりです」

本当に恥ずかしい話だ。冷静になるほど、自分たち姉妹はただの戦争孤児だった。

「まあ、僕も父上も『白渓にいた朱黎明の娘だ』と言われるだけで充分だと思っていたけど、証明する御物《ぎょぶつ》のひとつもないんじゃ、白奉城の門を通ることもできないだろうから二の足踏むよね。下手を打てば、姉妹で極刑だった。よくぞ冷静に留まってくれたと思う」

まさか叡明からお褒めの言葉を賜るとは、思っていなかった。蓮珠は、ぶんぶんと首を横に振った。

「いえ、その……亡くなった兄が、役人になりたいのは任地で家族と暮らすためだと言っていたので、成人して福田院を出るとしても翠玉と離れずに済むのではないかと考えたことも、官吏を目指した要因のひとつでして。私一人の考えではないので……」

「実際、それを実現して官吏居住区に姉妹二人暮らしをしていたんだから、たいしたものだよ。おかげでこちらは二人の状況を把握しやすくなった」

実現すること。それは、兄の言葉があったからだ。いつか見つけてもらえるなんて祈っているだけではダメだ、自分の行動だけが翠玉を守るのだ、と。

そうだ。翠玉を守るなら、行動しなければ。蓮珠の思考が、叡明からの提案に戻る。

上級官吏から玉兎宮付きの女官になった陶蓮珠は、ある意味目立つ存在だ。なぜか他国の公主も来るその自宅が官吏居住区にあることもすぐに調べられるだろう。

朱景の書いてきた通り、華王相手にできる最善の策は早急に逃げることだけだ。時間はない。それでも、上皇宮に行ってしまえば、その瞬間から蓮珠と翠玉は姉妹ではなくなる。先帝が蓮珠の存在を許容しても、上皇宮に仕える人々は、隠し育てられてきた先帝の娘が、ただの女官と一緒に居るのを許さないだろう。

姉妹ではなくなる日が来ると知っていた。でも、その日が来たら蓮珠が語らねばならないことがある。話すのは、翠玉が自分のことを、誰かから聞かされる前でなければ。そうでないと、印象が歪んでしまうからだ。家族が家族として過ごした時間があったことを、蓮珠と翠玉が姉妹として生きてきた時間があったことを、正しい思い出として胸に刻んでおいてほしい。

「……主上、一晩だけ時間をください。翠玉には、自分の言葉で伝えたいんです。姉妹でなければ言えないこともありますから」

蓮珠の想いを、叡明は受け止めてくれた。

「たしかに、姉妹であるうちに言うべきことはあるよね。出生が明らかになれば、長公主

（皇帝の姉妹）と女官だ。まともに顔を見て話す機会は、なくなるからね」

叡明が席を立つ。叡明の提案を蓮珠は受け入れ、上皇宮入りの実行日を明朝に指定した。とても、事務的だ。亡き朱皇太后から妹を賜って約十八年、蓮珠の人生の半分以上の時間をかけてきた役割が終わるというのに、あっさりしたものだ。蓮珠は膝の上に置いた手で、裙の絹布を握った。肩の荷が下りたなんて、やっぱり思えなかった。

「明日の朝には迎えを寄越す。一晩だけだ、陶蓮。お前の口から翠玉に伝えるといい。他の誰かの説明では伝わらない家族として過ごしてきた日々の想いを。明日以降は、それが許されなくなるのだから」

部屋を出る叡明が去り際、改めて言った。感傷に俯いている時間などないと、背中を押してくれている。

「感謝いたします」

蓮珠は、その場に跪礼した。

今から夜明けまで、これまでの十八年に比べたら、あまりにも短いその時間で、蓮珠は翠玉との間に、たくさんの最後を刻むことになるのだ。

翔央、叡明と冬来の三人が城に戻ったあと、真永が作った猪肉の鍋を残る四人で囲んだ。

威公主も、真永がただの家人ではないことに気づいているので、特に説明はせずに、そのまま四人で食べることにした。

「これよ、これ。はー、やっぱり猪肉は、豪快に鍋が一番おいしい！　期待通りだわ。猪肉の鍋なんて栄秋の街中じゃ、なかなか食べられないし、肉を持ち込んでも、作ったことないからって断られることも多いのよ。元武官の戦場飯経験者が栄秋で店を出せば、けっこういけると思うんだけど」

威公主が真永に期待していたのは、猪肉の鍋をうまく作れる腕があるかどうかだったのか。てっきり、武人としての力量の話だと思っていた蓮珠は、苦笑いの口元を取り分け用の器で隠した。

「猪肉のお鍋は初めてです」

翠玉が言うと、威公主も真永も蓮珠のほうを見る。

「……わたしは、十二歳まで山間の邑にいたんで、何度か食べていますが、翠玉が栄秋に来たのは、三歳だったので」

国土のほとんどが高地・山岳地帯の相国では、狩猟で獲た肉を食べることは多い。都の栄秋でも猪肉や鹿肉は、わりとよく食べられている。ただ、猪肉といえば、薄切りか、短冊切りにした肉の塩漬けが定番で、鍋に入っていることはほとんどない。肉料理を出す店でも、ネギや山椒《さんしょう》、生姜《しょうが》などの香辛料をしみこませた味の濃い肉が主流だ。そもそも、相国肉料理の定番は羊肉だし、貿易都市である栄秋は国内外から入る食材も豊富なので、特別こだわって猪肉を食べることがない。

「うん、お姉ちゃんがいたから三歳でも都までたどり着けたんだよね。同じ福田院にいた戦争孤児で私より小さい子なんて、ほとんどいなかったもの。みんな、それぞれに故郷の味を持っていたのが羨ましかったなぁ」

田舎生まれの都会育ちには、そういう感傷もあるらしい。

姉妹として最後に食べる夕食が、翠玉にとっては初めての料理というのも、なんだか不思議だ。できれば明日の朝食は、陶家の定番でいきたい。本当に姉妹で食べる最後の食事になるだろうから。

いや、今夜、話をしてしまったら、その瞬間から姉妹ではなくなってしまうのかもしれない。そう思うと、夏の夜だというのに、鍋の温かさがやけに体中に染みてくる。

「翠玉は、白渓に居た頃のこと、どのくらい覚えている？」

若干、緊張気味に蓮珠が問うも、翠玉は思い出そうと唸るばかりだった。

「んー、あんまり。お父さんとお母さん、あと、お兄ちゃんもいたのは覚えているけど、顔は……ぼんやり覚えている程度かな」

「そっか、家族の思い出はないか……」

蓮珠の呟きに、瞑目していた翠玉が、パチッと目を開き、姉に微笑んだ。

「家族の思い出ならたくさんあるよ！　だって、お姉ちゃんがいるじゃない！　私の人生のほとんどの時間は、お姉ちゃんと一緒だもん。だから、家族の思い出だって、いつもお姉ちゃんと何をしたかだよ！」

威公主がニヤニヤしている。

「へぇ〜、家族愛とか姉妹愛って、あるところにはあるものなのね」

感心しきりに言って、真永に同意を求める。威公主も真永の正体をきっちり知っているようだ。叡明と話しているあいだに確認したのだろうか。

しかし、その手の話で同意を求めるということは、真永が威公主と同じ立場で家族愛や姉妹愛、あるいは兄弟愛のない場所にいるということになる。真永は、もしかして、凌国の新王の側近というだけでは、すまない立ち位置にいるのでは？　つい、真永の正体を考えてしまった蓮珠だが、翠玉は真永でなく、威公主のほうを見て言った。

「威公主様も姉妹愛の同志じゃないですか？」

これには、真永が抑えきれず笑い出す。

「ワタクシの場合は、姉妹愛……というより、師弟愛よ。武人としての白姉様を尊敬しているのだから」

「解かりますよ、威公主様。……自分も兄を兄というより、発明家や技術者として見ている。あの人の発想とそれを実現する技術力を尊敬していますから」

どうやら、真永の兄は、発明家であり技術者でもあるようだ。そうなると、先ほどの蓮珠の考えた真永の正体とは、少し方向性が違う。技術の国と呼ばれる凌国だから、国政の中枢にも発明家がいるのだろうか。

「いや、真永さんのお兄ちゃん好きも相当だからね？　確実にこっち側だから！」

翠玉が反論する。蓮珠の不在中、真永とは、たくさん話をしていたみたいだ。蓮珠は安堵した。二人の間に多くの会話があったということは、真永がちゃんと翠玉の傍らに居てくれたということだ。それはつまり、彼が、しっかりと翠玉の護衛を務めてくれていたということでもある。

冬来、翔央、威公主までも認める最強の護衛が、この時期に翠玉の傍らに居てくれるとは、本当にありがたいことだ。

「ごちそうさまでした。すごくおいしかったです。また、機会があれば食べたいですね」

それは、どうだろう。上皇宮で猪肉の鍋は出てこない気がする。蓮珠は、楽しい時間の終わりを感じて、急に胸が詰まってきた。蓮珠の感傷はどうであれ、翠玉の猪鍋初体験は、楽しいもので終わったようだ。最後の夕食を笑顔で終えられたのは、良かったと思う。

「……さて、食べるものも食べたし、陶蓮も翠玉も大丈夫そうなのは確認したし、頼まれた手紙も届けたし、そろそろ威に戻ろうかしら」

その三つの用件の中で、『食べるものも食べた』が一番先に来るのは、どうなんだと思わなくもない。確かに、猪肉を持ち込んだ威公主本人が、一番多く肉を食べていたわけだが。蓮珠は、色々と言いたいこともあったが、まずは、家長として、客人を引き留めた。

「いまからですから？　もうかなり遅い時間ですよ。今夜はお泊まりいただいて、明朝出発されたほうがよろしいのでは？」

言う間にも、威公主は身支度を整えていく。

「そうはいかないのよ。中央地域がだいぶ馬鹿げたことを始めようとしているから、本当に急いで帰らないと。……最悪、国を出られなくなるだろうから」

軽く理由を口にしてから、威公主は真永のほうを見た。

「凌国が相との同盟を焦っているのも、例の件が理由でしょう？」

食卓を片付ける真永が、空になった鍋を手に頷く。

「ええ。新王が先王の後継となった幼君を廃し、国を整えるのを急がれたのも、中央地域の動きを見て、先手を打たねばならないとお考えになったからです。長兄が遺した幼き王と彼を傀儡にすることしか頭にない母妃の親戚筋では、とうてい乗り越えることができないだろうと」

四方大国《しほうたいこく》のうちの二つの国がこうもことを急ぐとは、いったい中央で何が起きているのだろうか。叡明だけでなく、元上司である張折も中央のことを気にしていた。凌国との同盟の件では、あの李洸も同盟成立を急いでいたように思える。

「中央でいったい何が？」

蓮珠の問いに、威公主と真永が視線を合わせうなずき合う。

「中央地域にようやく国らしい国が建ったのは知っている？」

言いながら、威公主は再び椅子に座り、真永は鍋を卓上に戻す。

「……はい。詳しく存じているわけではありませんが」

蓮珠が知っていることは、そこまで多くない。さらに今回は中央地域について情報が共有される前に華国関連でバタバタして、もらう情報が華国のことに偏っていた。

「えっと……、鍋下げますね」

話の流れを見て、席を立った翠玉を、威公主がやんわりと止める。

「いいのよ、翠玉。凌国の方はもちろん、あなたもこの場に居てくれて」

「でも、政の話をする席に私がいるのは……」

遠慮する翠玉に、威公主は再度席に座るように言った。

「翠玉、政の話で席を外さなければならない人なんて、本来どこにもいないのよ。自国の政を考えることは、あなたがどう生きていくかを考えるのと同じなの。あなたは、あなたが生きていく自国の政治が、どこに向かおうとしているかを知るためにも、この話を聞いておくべきよ」

翠玉は、まだ少し遠慮している様子ではあったが、椅子には座った。それを見てから、威公主が話の続きを始める。

「ただ座ってもらっといてなんだけど、本当に時間がないから、長々と語らずに手短に話すわね。……今の中央には二つの勢力があって、どちらが中央地域、ひいては大陸を制するかの最終闘争の段階に入っているの」

文官を必要とする段階に入っているという張折の話から、すでにひとつの国になっていると思っていた。蓮珠は、小首を傾げ、素直に疑問を口にした。

「二つの勢力……？　まだ、ひとつの国に統一されたわけではないんですね？」

質問に対する威公主の反応は、微妙なものだった。

「ある意味、ひとつの国よ。どちらも同じ『高大帝国』を名乗っているから。おまけに、どちらも同じく最後の高大帝国皇帝の血統に連なる『龍《りゅう》』姓を掲げているの」

威国では便宜上、中央地域の右半分を支配領域にしている龍義《りゅうぎ》側の高大帝国を『右龍《うりゅう》』。左半分を支配地域にしている龍貢《りゅうこう》側の高大帝国を『左龍《さりゅう》』と呼んでいるそうだ。

「……なんか、面倒な人たちですね」

翠玉が、蓮珠以上に素直な感想を言えば、真永が肯定する。

「ええ、本当に。面倒、且つ、とてつもなくはた迷惑な人たちです。先ほど威公主様がおっしゃった最終闘争ですが、どちらがより多くの国から支持を得られるか、なんてある意味平和な戦いではないんです。『旧高大帝国領をより多く取り戻したほうが、真の高大帝国の後継者を名乗れる』を掲げて、争おうとしているのですから」

真永の話で、事の重大さに気づかされ、蓮珠は血の気が引いた。

「あの……旧高大帝国領って、大陸のほとんど全部ですよね？　でも、そこには、大きさの差はありますが、新たな国が建ち、それぞれの国の民が日々を暮らしているわけじゃないですか。そういった周辺国の人々の意志は、一切無視なのですか？」

翠玉の疑問に、真永が渋い顔で回答する。

「彼らは、常に支配する側の立場です。支配される側の意志を問うという発想そのものがありません」

蓮珠は、その考え方に華王の顔が浮かんだ。自国民の生き死にを決める権利が天から自分に与えられていると思っている者の考え方だ。

「一番の問題は、現状の大陸でもっとも戦い慣れているのが、彼らだってことよ。四方大国は、武力に長けていると言われる我が威国ですら、十年以上大きな戦いをしていないんだもの。兵の規模も練度も比較にならないわ。あっちは、一国丸ごと戦い慣れた精鋭ぞろいの軍隊よ」

威公主がそう言うくらいだから、中央地域の軍は、相当に強いのだろう。

「あちらの目的は、自陣の拡大だけ。その土地の産業どころか、住んでいる民にも興味がない。だって、対立相手より広い土地を持っていれば、それが更地でもいいって考えなんだもの。攻め込まれたら、兵も民も関係ない、国土を蹂躙されるだけだわ。上に立つ者として、そんな者たちを国内に入れるわけにいかないから、国境は複数の部族が交替で監視を続けているわ」

威国の現状を知ったことで、蓮珠はますます不安になった。

この一年、相国は様々な形で、外部からの力に弱いことを晒している。国内の官僚同士の争いは、背景に他国が関わっていることが多いし、華国からの干渉は現在進行形で受けている。軍の統率にも不安がある。山の民による西金占領騒ぎでは、守備隊間の連携が取れていなかったことで、対応が後手に回った部分もある。

「我が相国は……土地柄からして、かなり不利ですね」

凌国、華国はそれぞれに高大帝国時代に封土を得た領主が、帝国滅亡後そのまま領地に国を建てた。だが、相国の太祖は、帝国末期に中央の政争に敗れて西に逃れ、帝国滅亡時に中央の混乱から大陸西側を守るために国としてまとめ上げて相国を建てた。つまり、相国は、旧高大帝国領に成立した国なのだ。

「そうね。ワタクシも四方大国の中で相国が一番危ないと思っているわ」

もしかすると、叡明が翠玉のことを国外に出そうとしたのは、華王の件以外にも、このことが理由なのではないだろうか。

「そういうことだから、急ぎ威に戻らないといけないの。ワタクシも黒部族の一部隊を率いる身だから。……ああ、でも、片付けくらいはしないとね」

威公主が席を立つ。それに続いて、真永も食卓を片付けるため改めて椅子を立つ。翠玉と二人残された部屋で、蓮珠は動けずにいた。

色々な考えが蓮珠の頭の中をめぐる。華国への対応だけ考えていればいいわけではなかった。上皇宮に行くことになっても、相国内であることには変わらない。中央地域の動きを考えれば、威国へ帰る威公主に、翠玉を託すことも選択肢のひとつではないか。

ただ、それは、今夜一晩、姉妹としての最後の時間をくれた叡明に対する裏切り行為に他ならない。

「お姉ちゃん、大丈夫だよ。主上も白鷺宮様もきっと対策をお考えになっているだろうし、李洸様に張折様だっているんだもの」

思考に沈む蓮珠の肩に、翠玉の手が置かれる。もっと小さかった手を引いて、あの火事の夜を逃げ延びた。あの夜の蓮珠の行動は、翠玉の命を繋いだ正しい選択だった。

では、今は？　誰に翠玉を託すことが、翠玉の命を繋ぐ？

蓮珠の前に選択が突きつけられている。それは、あの范才人《はんさいじん》が予言していたとおりの、重くて大きな選択だ。范才人は、あの時、他になんと言っていただろう。


選べば……、選ばなかったものを永遠に失うかもしれない。だから、慎重にお選びになることです。


蓮珠と翠玉の姉妹の時間は、もうすぐ終わる。それを夜明けにするか今にするか。

選べなくなるその前に、選択しなければならない。

「翠玉、聞いてほしいことがあるの。あなた、本当は……」

蓮珠の続く言葉を遮って、激しい勢いで扉が開く音がした。

第六章　蓮花、翡翠を暴かれる

扉を開けた真永の表情に、蓮珠は出かかった言葉を飲み込む。

「……お話し中に申し訳ない。侵入者です」

蓮珠は、無意識に肩に置かれた翠玉の手を握っていた。

「威公主様に人を呼びに行ってもらっています。せめて、栄秋府の巡回警備が来るまで耐えます。白豹殿には宮城への報せをお願いしました、白鷺宮様と冬来様が来てくださるはずです。……お二人は、とにかく相手に見つからぬように隠れてください」

真永は、言いながら部屋に入ってくると、動けない蓮珠を椅子から立たせた。

「相手は、華王の手の者と思われます。ここで仕留めることはもちろん、対話によって退けることも難しいです。逃げ切ることだけが活路です。さあ、行きましょう」

力強い声に押されて、蓮珠は翠玉の手を引き、真永を殿《しんがり》に家の奥へと入っていった。

宮殿造りでなく、街の四合院造りの場合、家の北側最奥は、だいたい祖廟《そびょう》がある。陶家の場合、祖廟に置くべき先祖の記録を白渓の邑とともに焼失しているので、西王母の掛け軸と簡単な祭壇があるだけの、がらんとした部屋になっている。

「相手の動きのほうが、数刻先でしたね」

もしかすると……と、前置きをしてから有能な新米家人が考えを口にした。

「蓮珠様の処分を実行しなかった相国側に苛立った華国側が、あなたを直接殺すために手を打ってきたのかもしれませんね。遺書のひとつでも偽造して、あなたが自殺したことにすれば、それで済むと考えたのでは？」

遺書の偽造、どこかで聞いた話だ。なんだか、この一年の出来事が怒涛のように襲い掛かってくる。蓮珠は、頭を抱える前に、とにかく頭を動かした。

「ならば、相手の狙いは、なによりもわたしです。真永さん、万が一のときは、迷わずに翠玉を連れて逃げてください」

まだ、行動を選ぶ余地はある。最悪の結末を避けるためにも、できることを確実に選んでいかねばならない。迷えば、選択することさえできなくなるのだから。

「なに言ってるの、お姉ちゃん？」

声を上げた翠玉を、真永が抱き込んで抑える。

「翠玉殿、声を抑えて。これは、より生き延びる確率を上げる策です。あなたが捕まらなければ、蓮珠様は己の身を逃がすことに集中できます。でも、あなたが捕まれば、最悪、相手の言いなりになって遺書を書き、自ら命を絶つことになる。さらには、蓮珠様による無理心中を装って、翠玉殿も。十中八九、家にいるところを狙ってきたのは、妹であるあなたを利用するためでしょう。……時代錯誤も甚だしい華国思想に基づく策ですよ。王族にそこまでの権限も価値もないのに、王族に無礼を働いたぐらいで家族無理心中なんて、この国の人間が怪しまないわけがないのが、なぜわからないんだ」

真永の言うとおりだ。家を特定したなら、当然妹と二人暮らしだということも解っているはずだ。朱家の血を絶やすことに執念を燃やす華王は、まずは蓮珠、次に妹を殺すように命じているはずだ。

「……いえ、待ってください。これは、隠れている場合ではないかもしれません」

嫌な予感がする。あの華王が、ここまでして絶やしたいと思う朱家の血を引く蓮珠が死んでいくのを見ないで済ませるなんて選択肢を選ぶだろうか。見たいものを見て、聞きたい言葉だけを聞くのが華王だ。蓮珠の最期を人任せにして報告を聞いて済ませるようなことはしないだろう。

「もしかしなくても、華王本人が来ているんじゃないですか……？」

蓮珠が言ったところで、真永が厳しい顔でその場を立つ。

「華王自らが、この暴挙を指揮しているとは。……他国の、しかも姉妹二人暮らしの家を、十人もの一団で襲うなんて、これが一国の頂に立つ者のすることですか？」

真永は声に怒りを滲ませていたが、冷静に背後の二人を隠すような立ち位置に動く。

その声に答えるように、華王がその姿を現した。

「家人風情が何を言うか。我が誰であるかを知っていて、不敬にも程がある。相国の者はそろいもそろって無礼者の集まりだ。さすが朱黎明が逃げ込んだ国よ」

その声を聴いて、蓮珠ができる選択は、翠玉を華王から隠すために抱きしめることだけだった。ついに、選べる選択肢がなくなっていた。

「どうしてこの部屋だと？」

侵入の報せから、この部屋に逃げ込むまで、蓮珠たちは迷わなかった。ここなら、いざという時に使える、外に通じる隠し扉があるから。上級官吏は敵対する相手や賊に狙われることもある、屋敷からの緊急脱出手段はどの家にもある。すぐに使わなかったのは、家を囲まれていないことを確認してから外へ出るために侵入者の動きを把握する必要があったからだ。

侵入者は、通常、家の中を手分けして探るものだ。だが、目の前の侵入者たちは、そのまま一団で、この部屋まで入ってきた。これでは、ほとんど時間が稼げていない。威公主と白豹が戻るまで、それまでこちらの盾は、実質、真永ただ一人だけだというのに。

「……運のない。この屋敷の元の住人は、我が国の内通者だった。失脚後は我が国に身を寄せていた。先々に備え、官吏居住区の掌握に必要な情報は聞き取り済みだ」

蓮珠の疑問に応じた鄒煌が、華王の前に出た。

ほんのわずかにだが、真永が下がった。鄒煌に対して、間合いを取り、同時に隠していた自身の得物を構える。彼の得物は、鉄鞭《てっべん》と呼ばれる、鉄の棒に突起物がついた打撃武器だった。彼の場合、それを両手に持つ双鞭使《そうべんつか》いである。

「その言い方からいくと、この家の元住人は、すでに始末済みということですか。慈悲深き聖獣鳳凰の加護を賜る国とは思えぬ所業ですね」

真永が体勢を少し低くする。これに対して、鄒煌が自分の背に華王を庇って下がった。

「……我が王。この者は、ただの家人ではないようです。これは、他の者では歯が立ちません。同時に、自分も他に手が回らなくなります」

「ふーん、おまえが、そこまで言うのか。……よほど、この国は朱黎明の娘に死なれたくないらしいな。まあ、娘だけなら、おまえでなくともどうとでもなる」

華王の鄒煌に対する評価の高さがわかったが、同時に蓮珠たちに対する評価の低さもわかった。それならそれでいい。相手の油断は好機だと護身術の師匠に言われている。その師匠とは冬来だ。蓮珠は、今回護衛についてもらった期間に、彼女から最低限の護身術を習っていた。冬来基準の最低限は、それなりに厳しかった。

「……舐められたものですね。どうとでもなる、なんて」

蓮珠は着ていた褙子を脱ぐと、翠玉に「出てきちゃダメだよ」と言ってから、その顔に掛けた。勝とうなんて思わない、自分にできるのは時間稼ぎだ。

「極めて消極的に、防衛のみでいかせていただきます」

護身術は、基本武器を持たない接近戦だ。近づいてきた者に対処するだけになる。

もっとも、非力な蓮珠が間合いの長い槍を持ったところで、へろへろと動かすのがせいぜいで、敵をなぎ倒せるわけがない。護身術のほうが確実だ。

「とはいえ、この人数は、ちょっと……」

分散しなかった侵入者が、そのまま襲い掛かってくる状態だ。家族が祈るためだけの祖廟は、他の部屋に比べてかなり狭い。その狭い部屋のさらに最奥で、複数人が同時に蓮珠に襲い掛かってこられないのは、ありがたい。だが、ひとりひとりが次々と襲ってくる状況に、蓮珠の体力だけが削られていくことは避けようもない。半分の五人をどうにか退けたものの、さすがにきつくなってきた。初めの三人ぐらいまでは、かなり油断していた相手も、徐々に本気を出しつつある。ただいまだに全力でこないのは、相手が『女相手に全力を出すなんて恥ずかしい』という、女性を低く見る華国の、しかも訓練された武官だからこそだろう。女性武官もいる相国や公主でも戦場に立つ威国ならありえない。蓮珠にしてみればありがたいが、そもそも他国の官吏の家を襲っていることに疑問を覚えず、華王の命令を忠実に実行しているところは、だいぶ迷惑だ。

「ああ、もう、まだいるの!?」

主に腕を使い、相手の力を利用して、引き倒すとは言え、土台は下半身だ。足にしっかり力が入っていないと、引き倒しきれない。

六人目の腕をとったが、右膝に力が入り切らず、がたっと身体が傾く。

「お姉ちゃん!」

被せられた褙子の端から見ていたらしい翠玉が、よろけた蓮珠を慌てて支えた。

蓮珠は、自分がよろけたことよりも、翠玉のその声に『しまった』と思った。

すぐさま身体を反転し、翠玉を頭から抱き込もうとしたが、蓮珠より背の高い翠玉が相手では、胸のあたりに抱き着いただけだった。

好機と見たのだろう、七人目が襲い掛かってくる。

「やめろ! 手を出すな!」

華王の制止に、蓮珠は確信した。見られた。華王に翠玉を見られたのだ。

朱家の血を絶やすより優先される唯一のこと、朱皇太后の血を引く娘の存在が、最も知られてはいけない人間の目に晒されてしまった。

「……そうか……こんなところにいたのか。見つからぬはずだ」

そう呟く華王は、蓮珠に不快を抱かせるほどの喜悦の表情を浮かべている。

「陛下、栄秋府の武官が参ります」

側近の耳打ちは、蓮珠にもはっきり聞こえていた。自然、奪われまいと蓮珠は翠玉を抱きしめる。

「そうか。……では、引こう」

華王があっさりそう返し身を翻したことに、従者のほうが驚いていた。

「陛下？」

場を去る足を止め、華王が肩越しに蓮珠を見た。

「こうなればいくらでもやりようはある。……楽しみだな、朱黎明の娘……いや、陶蓮珠よ。絶望をたっぷりと味わうがいい」

華王についで、他の者たちも無言で去っていく。統率の取れた印象は、この襲撃のために雇った一時的な手下でなく、元々相国内に置いていた者を集めたのかもしれない。急な襲撃でも、この人数を集められるほど、華国は相国に人を入れていたのだ。主上に報告しなければ。

華王たちが去っていった方向を見て、蓮珠は、そんなことを考えていた。何か考えなければ、こみ上げる嗚咽を抑え込むことができそうになかった。

真永が蓮珠たちの元に駆け寄り、その場に膝を折った。

「蓮珠様。お言葉を違えて、申し訳ございません。……敵の囲みがあろうとも、自分が翠玉殿を抱えて、この場を突破するべきでした」

　真永は悪くない。少なくとも鄒煌を抑えてくれた。家探しによる時間稼ぎも侵入者の分散もなかった。それでも、この場で翠玉を連れ去られることがなかったのは、間違いなく真永の存在があったからだ。

　そう、この場では、翠玉が連れ去られることはなかった……。蓮珠は、もう一度、翠玉を抱きしめた。

「ご無事ですか！」

　誰よりも早く部屋に到着した冬来が確認する。

　蓮珠は、冬来になにをどう言えばいいのか、言葉が見つからなかった。無事だと言えば無事だ。真永も自分もケガらしいケガはないし、翠玉はまったくの無傷だ。

　でも、それでも、最悪の状況であることには間違いはない。

　言うべき言葉を失ったまま、蓮珠は冬来の顔を見上げた。抑えきれない涙が頬を流れていくのを感じた。

「……理解しました。我々は遅かったのですね」

　冬来の言葉がすべてだと思った。だが、遅かったのは、冬来たちではない。蓮珠の決断が遅すぎたのだ。まだ、自分は選べるのだとずっと思っていた。本当は、とっくに選択肢なんてなかったのに。華王自らが相国に来たあの時点で、自分は翠玉とともに、栄秋どころかこの国を出ていくべきだった。翠玉を守るのは、自分の行動だけだったのに。

蓮珠は、兄の言葉を守ることができなかったのだ。見つからなければ、まだ姉妹でいられる。そんな甘い夢を見て、動くのをためらった。その夢が、先ほど覚めたのだ。


官吏居住区にある一つの屋敷が襲撃を受け、住んでいた姉妹は、姉の勤める玉兎宮に身を寄せた。

それが、朝議で昨晩の騒ぎについて質問された際の筆頭丞相の回答だったという。

「……襲撃者は、あのあたりの栄秋府巡回が手薄になる時間を把握していたかのような動きを見せていました。誰が襲撃者に情報を渡したのかは厳しく調べさせていただく所存ですので、今から御覚悟のほどを」

李洸の言葉を引き継ぎ、玉座からよく通る低い声が朝堂の最後尾まで響いたらしい。

「襲撃者は元住人からあのあたりの屋敷の構造を聞き出していたと言っていたようだ。朝議に出ている上級官吏で本拠を官吏居住区においている者は多くはないが、他人ごとではあるまい。……これは警戒せよという意味であると同時に警告と断りだ。今後、失脚した者のその後も監視と口出しをさせてもらう、よいな」

玉座からの圧力に、最前列の古参官吏たちでさえ一言の反論もなく押し黙ったまま、朝議は解散になったという。

そんな殺伐とした朝議の様子を教えてくれたのは、皇帝の側仕えとして玉座の近くに控えていた太監の秋徳だった。

「我が主は、相当お怒りでしたね。相手が華王でなければ、そのままかつての自分の大隊を呼び寄せて乗り込んでいたでしょう」

玉兎宮に来た彼は、お見舞いの品の高級茶葉を持参していた。もちろん、秋徳がお茶を淹れてくれる。

「のちほど、こちらにいらっしゃるそうです。……その、皇后様へのお渡りではなく、陶姉妹に事情を確認に」

「そうですか。畏まりました、わたしからお話しさせていただきます」

同じ席にいた翠玉が突如蓮珠の手を握った。

「お姉ちゃん、私もその話に同席させてもらうよ」

翠玉が自分からこの手のことを言いだすのは珍しい。

「え、でも……」

来るのが翔央となれば、翠玉の出生を知らないわけだから、そこから話すことになるかもしれない。

「主上がいらっしゃるんだから政治の話なんだろうけど、国家間機密の話ではないよね？　だって、襲撃されたのはもうみんな知っていることだもの。それに、私だって当事者だよ。だから、私が同席しても大丈夫だよね？」

威公主の言った件を今持ち出すとは。蓮珠は、頭を抱えたが、色々ありすぎて頭が回らない状態のために、うまく断る理由が浮かんでこなかった。

「……では、あなたのお話は、わたくしがお聞きしましょう」

部屋に入ってきたのは、玉兎宮の主である威皇后だった。その後ろに、隻眼の白鷺宮が続く。叡明と目が合った。話すべきことがある、そういう目をしている。

「さあ、翠玉殿。あちらの部屋で話しましょう。秋徳、改めてお茶を淹れてくださいな」

いくら政治を知らずに来た翠玉でも、皇后の誘いを断ることは、できない。そのまま、皇后に手を引かれて、秋徳とともに部屋を出ていく。

「すまなかった。……我々は城に帰るべきではなかった」

開口一番、叡明が蓮珠に謝罪してきた。

「小官こそ、大事な長公主様を最も危険な存在に近づかせてしまいました。……覚悟はできております、幕引きの交渉に小官をお使いください」

華王の襲撃の元々の理由は、自身に無礼を働いた女官を処分するため。ならば、本来の目的を達成させたことにして、さっさとお引き取りいただくのが一番解決に早い。

「その選択はない。……お前を生贄《いけにえ》になんてしたら、二人から一生恨まれる。僕は、弟と妹を失うつもりはないよ」

「ですが、今度は迷う時間もありません！　華王は何かを企んでいます。わたしに絶望をたっぷり味わえと言っていた、あれはわたしの目の前で翠ぎょ……長公主様を、確実に奪う策があるということです」

叡明がため息をつく。

「いままでどおりでいい。あの感じだと、どうせ、まだ話せてないんでしょう？　なら、翠玉はまだ陶翠玉だ。……なにより言い慣れない感じがまだるっこしい」

叡明は言葉を区切ると、眼帯のないほうの目を鋭く細めた。

「陶蓮。このあと片割れが来たら、翠玉の件は話していい。今後、向こうの動きにすぐ対応する必要が出てくる。知らなければ、向こうの策にいつの間にか乗せられていてもわからない可能性が高い」

それは、蓮珠が翔央が来ると聞いて一番に迷っていたことだった。叡明が言うように、翠玉の件を知らなければ、まず今の華王の目的がわからない。そのままでは、身代わりの皇帝として座る玉座で、取り返しのつかない約束をさせられるかもしれない。だが、蓮珠の判断だけで、翔央に翠玉の出生について話していいのかもわからなかった。これまで、叡明が翔央に妹の存在を伝えなかったのには、それ相応の理由があったはずだ。それを無視して、大丈夫なのか、叡明の策を邪魔することになるのではないかと不安だった。

「本当によろしいのですか?」

昨晩の件がある。わずか一刻が致命傷になるかもしれない。

「ああ、かまわない。僕が先に話せば、お前から話を聞かされなかったことに傷つくだろう。翠玉だって同じだ。二人には、まずお前から話すべきだ……と、冬来が言ったんだ。そういうこともあるかもしれないと思った。だから、お前から話せ。ただし、手短にわかりやすくまとめて話せ。時間がないのは事実だ」

改めて、冬来のすごさを感じる。自身の思考結果に絶対の自信を持っていると思われる叡明の方針に影響を与えるとは。やはり、我が国の皇后は、威皇后ただお一人だ。

「御意。官吏として培った要約力と説明力、いかんなく発揮させていただきます」

跪礼した蓮珠に、叡明が小さく鼻を鳴らす。

「お前が気負うことはない。難しいことは考えるな。ここから先、お前は翠玉がどうあれば一番いいのかだけ考えて行動しろ。我が国のことも華国のことも、僕のほうで考える。どの策で来るにせよ、あの男に対して相国から差し出すものなんて、何一つないんだ」

叡明の力強い言葉で、蓮珠の胸に再び兄との約束が宿った。


部屋を出ていく叡明と入れ替わりに入ってきた翔央は、蓮珠が簡潔にまとめたこれまでの経緯を聞き終えると、そのまま卓上に突っ伏した。

「……そうか。そういうことだったのか。だから、伯父上は……」

そこまで呟いて押し黙った翔央に、蓮珠は恐る恐る顔を覗き込んだ。

「少し、待ってくれ……。よくまとまっていたとはいえ、十五年以上に及ぶ報告書の読み聞かせを受けたようなものだ。頭の中の情報整理も感情的な部分も追いついてこない」

ごもっともだった。どれほどうまくまとめたところで、翠玉の年齢と同じ十八年の記録は、簡単に消化できるものではないだろう。

秋徳が新たに淹れてくれたお茶一杯でなんとか復活した翔央が卓上に肘をついたままで、蓮珠の顔を窺ってくる。

「蓮珠。……どうして、今まで何も言ってくれなかったんだ？」

それを聞かれるとわかっていた。だから、たくさん考えて、いろんな理由の中でひとつ、翔央にだけ抱いたものを答えた。

「……怖かったんです。あなたから妹との時間を奪い続けてきた。そのことで、あなたに嫌われることが怖かったんです」

故郷や家族への罪悪感、先帝、朱皇太后の想いに報いたい気持ち、華王への懸念と警戒、双子への申し訳なさ、翠玉という妹を失う恐怖。たくさんの想いが蓮珠の中にある。どれかひとつじゃない。それらは重なり合って、蓮珠の口を閉ざしてきた。でも、他の誰かでなく、なぜ翔央に言えなかったのかだけを突き詰めれば、結局は『翔央に嫌われるのが怖かった』が残る。

うつむく蓮珠の頭に、翔央の手が軽く乗せられる。

「奪われたなんて思わないさ」

そう言って、翔央は自分の胸に蓮珠の頭を引き寄せた。低くやわらかい声音で、翔央の言葉が蓮珠の耳に注がれる。

「この一年、皇帝執務室で充分に交流は持ってきた。間近に接して、翠玉の人となりもよく知っている。いくつも積み上がった書類の山を前に逃げることなく丁寧に署名してくれる責任感の強さは、姉似だな。身分の上下を問わず言うべきことはしっかりと言うが、礼儀がなっていないわけじゃない。その仕事ぶりは執務室でも高評価だ。……心配なのは、やや過分なほどに姉想いというところくらいか？」

「翔央様、からかわないでください！」

翔央の胸から顔を上げると、思っていた以上に彼との距離が近かった。切れ長の双眸が笑みに弧を描く。そのまつげが、自分のまつげと触れてしまいそうだ。

「悪い悪い。……でも、そんな翠玉を見ていて、どうして、おまえと過ごした十八年を、否定する気になんてなる？　嘘偽りなく、おまえを慕っているのもわかっている。大切に育ててくれたと感謝こそすれ、責めるなんてありえないだろ」

翔央が椅子の向きを少し動かし、蓮珠の正面に身体を向けた。蓮珠の肩に翔央の大きな手が置かれる。彼は、視線がまっすぐに合った蓮珠に対し、少し目を伏せた。

「むしろ、謝らなければならないな。……十二歳で三歳の妹を抱えて、栄秋で生きてきたんだ、楽しいことばかりではなかっただろう。生きているかぎり、苦しいもつらいも皆無なんてことはなかったはずだ。それでも、おまえは、翠玉の手を放さずにいてくれた」

そこまで言った翔央が、蓮珠を広げた両腕に抱きしめた。

「すまなかった……」

「謝ったりしないでください。今回のことは、わたしが、その『妹の手』を放せなかったから起きた問題です」

後悔を口にすれば、もっと強い力で抱きしめられた。

「そうか、謝るのが違うとおまえが言うなら、こう言うべきか。……ありがとう、蓮珠」

驚き見開いた目に映る天井が、涙に滲んでいく。触れ合った頬に、蓮珠の涙を感じたのか、翔央がそっと抱きしめていた腕を解く。慌てて涙を拭おうとした蓮珠の手をやんわりとつかむと、彼は蓮珠の目元に唇を寄せた。

「……蓮珠の妹だったんだ、俺にとっても妹だった。これまでもこれからも、翠玉は俺にとって何も変わらない存在だと思うぞ」

ドキッとして胸と同時に身体が跳ねた。勢い翔央の腕の中を出た蓮珠は、彼と目が合い、思わず言った。

「自分で言っておいて、真っ赤になるとか、どうなんですか？」

翔央は、手で自分の口元を押さえると、幾度か咳払いをした。

「と……ともかく、考えるべきは、やはり伯父上にいかにして諦めていただくか、だな」

翔央が、むりやり戻した話に、両手で熱くなった頬を押さえていた蓮珠も、とりあえず乗ることにした。

「か、華王陛下が、諦める条件から考えるべきですかね」

翔央が、座っている椅子の肘掛けに腕を置く、どこか考える表情をしたあと、再び蓮珠のほうを見た。

「諦める条件は難しいな。時に、蓮珠、伯父上を見たとき、どう思った？」

翔央の問いに蓮珠は即答した。

「怖かったです」

蓮珠としては、これ以上ない的確な回答だったが、翔央の想定とは、やや違っていたようだ。

「そうだな。お前には、色んな事情があるからそうなるよな。……では、こう聞こう。外見だけを評価した場合は？」

言われて、蓮珠は初めて華王を間近に見たときのことを思い出す。

大陸南部の人らしい背が高い人だった。豪華な絹の衣装の上からでもわかる華奢な身体をしていて、癖のある長い髪は、おろしたままで風に遊ばせていた。顎の細い顔には、薄い唇、整った鼻梁《びりょう》、大きな瞳。大陸の大部分を占める高大民族が、伝統的に美しいとしてきた女性の美のすべてを材料に作り上げられた人だった。

「美しい方だと感じました。……その……男性ですが、翔央様たちよりも、朱皇太后様に、似ていらっしゃると思いました」

翔央が深く頷く。

「おそらく、それが、伯父上が華王であることの理由だ。……華国は、鳳凰の加護を受けているとされている。高大帝国よりさらに昔の華国では女王もいて、玉座に就く者の特性は、圧倒的な美だったと言われているそうだ」

翔央は、叡明による最新の大陸史講義で聞いた話を蓮珠に教えてくれた。

「そもそも華国の皇妃の条件は、本来、生まれも育ちも関係ないらしい。条件はただ一つ、美しいか否か。国中の美女を集めて、皇城に閉じ込め、とにかく多くの子を得て、その中で最も美しい子を玉座に据えた。美しい王が美しい皇妃を得て、さらに美しい後継者を得たというわけだ」

なるほど。だから代々大きな後宮と多くの皇妃を持っていたというわけか。

「古い時代の玉座には、神への捧げものを置く祭壇の意味があった。たいていの神は、なにを捧げるかに縛りがある。どうやら鳳凰は、『美しき者』を所望したようだな。だから、歴代の華王は誰もが圧倒的に美しかったはずだ」

それが、『伯父上が華王であることの理由』ということか。あまりにも華国の玉座に就くにふさわしい容貌をしていたから。でも、今上の華王は、巽集落の長の血筋だと聞いていた気がするのだが？　蓮珠の疑問を拾い上げて、翔央が問う。

「そうなると、伯父上が玉座に就いた理由に、少し違った面が見えてくると思わないか？」

叡明から聞いたのは、先王が占い師の言葉に従って、玉座を奪うことになる王子たちを処刑したという話だったが、先王はそもそも今上の華王に玉座を与えたかったということになるのではないか。

「お前の想像どおりだと思う。先王は、誰よりも美しい子どもだった伯父上を見て思っただろう。華王を継ぐのにこれ以上相応しい者はいない、と」

「……だから、他の誰も継げないように、王子を殺しつくした？」

華国は、長く大陸随一の芸術の国と呼ばれてきた。伝統的な芸術と宗教は、深いところで密接に結びついている部分がある。つまり、華国は芸術の国であり、宗教の国でもあるのだ。守護に掲げる鳳凰は絶対的な存在で、その鳳凰が提示する王の条件もまた絶対遵守しなければならないものだったのだろう。

「そういうことになるな……というのが、なんとか伯父上を帰らせるために華国の内情を調べていた叡明が、金烏宮からここに来るまでの廊下で話してくれた内容だ。これに、叡明が加えた推察がある。……伯父上が、ある疑いを持ったのではないかということだ」

華王が持った『疑い』を考えようとして、蓮珠は疑問を感じる。

「すみません。今の話の流れだと、華国の先王は、今上の華王を玉座に据える予定でいたように思えます。でも、今上の華王は、最終的に禅譲《ぜんじょう》の形をとってはいるものの、実態としては、玉座から先王を廃したのですよね？」

なぜ、わざわざ得られるはずの玉座を奪ったのだろうか。

「それこそが、疑いの結果だ。先王が、ためらいなくほかの王子を殺し、自分だけを残したのは、自分が巽集落の長の子でなく、先王の……華王の血筋にあるからではないか、という疑いだ。叡明がざっと調べた限りでは、巽集落の長と華の先王は、一人の女性を巡って一年半以上も争っていたらしい。その間に、本来あってはならないことがあったのかもしれない。……伯父上は、それが先王の口から公にされる前に、口封じとして玉座を奪ったのではないか。ここまでが叡明の推察だ」

それほどまでに、華王にとって、巽集落の血の濃さは重要な問題だったということか。母妃によって魂に刻み込まれた華王への恨みと復讐の誓いは、まさしく華王自身をも蝕む呪いなのだ。

「さっきも言ったとおり、華国の皇妃に本来血筋は関係ない。伯父上にしてみれば、先王が本当に自分の父親なら、守るべき巽集落の高貴なる血が、すでに薄まっていると考えたわけだ。……だからこそ、伯父上は俺たちの母上を手に入れようとした。巽集落の血を少しでも濃いものに戻さねばならないと思ったから」

叡明は、華王の執着の根底になにがあるのかにたどり着いたということになる。なるほど、これでは、華王が諦める条件は、確かに難しい問題といえる。華王が朱皇太后の血筋にこだわるのは、巽集落の濃い血筋を取り戻すため。それがわかっても、すでに巽集落が喪われて、かなりの年数が経ってしまっている。華王が最も欲しいものを他から探してくることもできない。

「……まあ、話半分で聞いてくれ。これは、あくまで歴史学者の推論だ。本当のことは、本人にしかわからない。ただ、もしかすると、伯父上の場合は、本人であっても、わからないところまでいってしまっているのかもしれないけどな」

翔央が重いため息をついた。

「伯父上は、御年五十になられた。だが、公式に名が挙がっている後継者は一人もいない。焦っていらっしゃるのだと思う。ただ、……そもそも、美しすぎるあの人にとっては、誰を皇妃にしても自分の次に玉座に据えるほどの美しさを持つ者は得られないと思っているのかもしれないな。きっと、母上の血を受けた者でなければ、後継者に足る者を得られないという考えに凝り固まってしまっているんだろう」

翔央の言葉に、伯父に対する感情の傾きを感じた。ただ、それは親族の情というより、もっと深く、人間の根底に触れる感傷に似ていた。

「よし、とりあえず蓮珠からの話と叡明の話が繋がって、ようやく伯父上のやることとの意図が見えてきた。それが根底にある前提で、華王との対話の場に臨むとしよう。なんとしても、翠玉の件を阻止しなければならない。伯父上の思い通りになってしまっては、誰にとっても……伯父上自身にとっても、幸せな結果にはならないだろうから。でもな、蓮珠。おまえは、叡明の推論なんて忘れていいんだぞ。華国の歴史とか、今上の華王が背負っているものなんて、おまえにとって大事なことじゃない。おまえは、おまえにとって大事なことだけ、翠玉のことだけ考えればいいんだからな」

叡明は、蓮珠に翠玉にとって何がいいかだけ考えればいいと言っていた。双子で同じことを言う。二人とも心配してくれているのだ。蓮珠が、元官吏だとか、皇后付きの女官であるとか、皇后の身代わりであるとか、そういう自分たち姉妹以外の事情を鑑みて判断を下してしまうことを。そして、国のことも政治のことも気にせず、「翠玉の姉」として最善を考えろと言ってくれている。

「ありがとうございます。主上と白鷺宮様のお二方よりお言葉を賜り、相国の民、陶蓮珠であることに誇りを感じております。最終的な処分は、主上と白鷺宮様にお任せいたします。……ただ、最終的な局面に至るまでは、『三ない女官吏』と呼ばれたわたしらしくいかせていただくと決めました！」

遠慮がない、色気がない、可愛げがないの『三ない女官吏』は、蓮珠が下級官吏時代に陰で言われていたあだ名だ。上級官吏になってついた副官には『鬼神の如き』などとも言われたが、長く付きまとった『三ない女官吏』は、実のところ朝議に出席する上級官吏の一部にも知られている。

「わたしを絶望に陥れたい華王は、決着を公の場で……朝議の場で仕掛けてくるでしょう。ただ、こちらは、この一年でもう何度も引きずり出された場でございますので、あちらの意図通りになんて臆することなく、いただきましたあだ名を貫かせていただきます」

力強く宣言した蓮珠に、翔央がこらえきれないとばかりに笑いだす。

「それでこそ、陶蓮珠だ。伯父上は、もっとも手強い相の民を敵に回したものだ」

翔央の笑い声で、おおよその話が終わったと部屋の外にも伝わったようだ。別の部屋にいた威皇后と翠玉、一度出ていった叡明が戻って来る。

駆け込んできた翠玉を抱きとめるが、例によって身長差で蓮珠の顔は、翠玉の胸のあたりにぶつかる。三歳の翠玉は、蓮珠の腰のあたりぐらいの身長だった。成長したものだ、と感慨深くなると同時に、これが最後の姉妹の抱擁になるのかもと思うと、苦しさに翠玉を制止するのが遅れて、蓮珠は危うく酸欠で倒れそうになった。

召喚された蓮珠が朝堂に入ると、最後尾にいる元同僚の黎令《れいりょう》が、ぐいんっ首を回し、蓮珠を見てきた。いつもの不機嫌顔が崩れ、色々言いたい顔をしている。おそらく、『華王を怒らせて朝議に召喚されるなんて、なにやってんだよ、陶蓮！』と叫びたいのではないだろうか。蓮珠は、少しだけ笑ってみせた。

そう言えば、前回後宮で黎令と面談した時は、衝立《ついたて》越しだった。そんなことを思い出し、蓮珠は、朝堂の中央まで進むと、場に集まっている上級官吏たちに、後宮式の軽く膝を曲げる会釈《えしゃく》をした。その折に確認した限り、朝堂に集まった上級官吏たちの表情は、蓮珠が思っていた以上に『また、おまえか』という呆れ顔で視線を逸らす官吏が見受けられた。ずいぶんと、自分も顔を知られるようになったものだ。会釈の途中には、ニヤニヤしている元上司の張折とも目が合ったが、もう一人、軍務のため、めったに朝議に出てこない許《きょ》家《け》の家長、許将軍《きょしょうぐん》とも目が合った。色々訳知りっぽい許妃《きょひ》から、朝議の様子を見てくるように言われたのだろうか。多方面に心配をかけていることは素直に反省しよう。蓮珠は、心の中で許妃に謝罪した。

身体の向きを正面の玉座に戻し、蓮珠は官吏時代に慣れた跪礼で主上と向き合う。

「この場における発言を許可する。名乗るがよい」

玉座の主上に発言の許しを得た蓮珠は、その場に額ずいて名乗った。

「玉兎宮女官、陶蓮珠。主上のお召しに従い、この場に参りましてございます」

明瞭な言葉と堂々とした態度に、蓮珠よりも玉座に近い位置で華王に付き従っている華国側の者たちが、少しざわついている。蓮珠の態度は、彼らの予想していたものとは違っていたのだろう。この場に引き出されて怯える女官を期待していたのかもしれない。

「主上、ここからは、小官にて仕切らせていただきます」

李洸が、そう玉座に断りを入れてから、朝堂の中央にいる蓮珠に届く声で問いかける。

「先日の後宮での火災について、女官殿に問う。華国側から、そなたが火災発生に関わったとの証言が上がっているがいかがか？」

型通りの尋問ではあるが、若干堅苦しい。本来は栄秋府の欧閃が行なうことで、裁判のような場を仕切るのは丞相の職掌ではない。

「申し上げます。小官は火災発生の報告を玉兎宮にて受け、その場で同じ宮の女官に指示を出してから、消火活動の指揮を執るために芳花宮に向かいました。また、消火活動を行なっている太監数名に実際に指示を行ない、一旦場を退がりましたところで、華国の方々に遭遇しました。この時系列でおわかりいただけますとおり、火災の発生には関わっておりません」

元官吏の簡潔な報告に、場にいる相国側の官吏たちは、普通に頷く。ここでも、蓮珠の報告で納得する相国側の空気においていかれた感のある華国側の者たちが、朝議の場の誰も許可していないのに、勝手に発言をしだした。

「なんだ、その用意したような回答は！　さては、相国側は、今回の件を国ぐるみで隠ぺいしようという意図か？　我が国に対する謝罪のひとつもできんのか！」

段響《だんきょう》の件で、相国を小馬鹿にしているとしか思えない軽い謝罪で済ませておいて、よく言えるものだ、と思ったのは、蓮珠だけではなかったようで、場の空気が、むしろ華国側にとって悪くなる。

「小官になにかを隠ぺいする意図はございません。火災の件は、小官ではないというだけの話にございます。ですので、華王陛下への無礼は謝罪いたしますとともに、相国の法に則りました処罰を受け入れる所存にございます」

蓮珠が、その場で跪礼から、再び額ずく伏礼に変えて、そう言った。顔を上げて、謝罪をしようとしたところで、玉座から朝堂全体に響く声で、問いかけがあった。

「……だれか、不敬罪の処罰に詳しい者はいるか？　皇族への暴言とはどの程度の罰を受ける罪か？　発言を許す、申してみよ」

玉座からの許可に、最後尾から声が上がる。

「行部次官黎令が申し上げます。竹杖《たけじょう》二十回の杖刑《じょうけい》にございます」

黎令が言うなら間違いない。朝議の場にいる官吏たちは、『語《かた》りの黎令』をよくわかっているので、全員がこれに特に反論しない。

「処罰が軽すぎではないか？」

反論は、やはり華国側から出た。これも、相国側の誰かの許可を得ていない発言だった。このやりとりも二度目になると、相国側の前列のほうにいる官吏たちは、あからさまに非難の視線を華国側に向けていた。

杖刑は、軽さで言えば五刑の下から二番目になる。この下、五刑で一番軽いのは、笞刑《ちけい》で、木の小枝で身体を打つ。一つ上の徒刑《とけい》では、懲役になる。

相国の不敬罪は、建国当初に制定された。建国時期が、高大帝国の末期にあたり、どこもかしこも高大帝国の執政に対する不満で溢れかえっていた。高大帝国の刑罰そのままに、上の方々への暴言で懲役刑以上を科していたら、国が成り立たなかったからだ。

このように、刑罰の軽重に関する感覚の違いは国それぞれだが、朝議の場で守られるべき最低限の礼儀は、どこであっても、さほど変わらないはずだ。度重なる、華国の従者の勝手な発言に対し、相国側は苛立ちを募らせていた。だが、それを相国側からなにかを言う前に、華王が側近に短く命じる。

「鄒煌。不愉快だ、黙らせろ」

主の命令を受け、鄒煌は容赦なく勝手に発言した者の頭をつかみ、床へと引き落とした。

これが、他の国であったなら、『しつけがなっておらず』や『お騒がせいたしました』などと言う場面だが、華王に限っては、その手の言葉を発する口をお持ちではないようで、鄒煌がすることをチラッと確認しただけで、なにも口にすることはなかった。

もっとも、これは、相国側の官吏に自身の持つ力を見せつけるためのものだったのかもしれない。従者になにを言わせるのも、一瞬にして黙らせるのも、国王である自分一人の裁量だと。

重い静けさが朝堂を満たす中、華王が無言のまま、蓮珠に歩み寄る。だが、数歩前で許将軍が半歩中央側に出て、その歩みを止める。

「たかだか女官ひとりに、この国はずいぶんと入れ込んでいるようだな。……先日の家人といい、そこな武官といい、我をずいぶんと軽く見ているようだな」

その家人の正体は凌国の要人だし、華王を止めた武官は単なる武官でなく、相国五大家のひとつ許家の家長で、四方守備隊のひとつを任されている将軍職にある御方です——と蓮珠は内心で一人ごちる。

「まあ、よい。……我は寛大だ。お前と、お前の国の数々の罪をすべて許そう」

芝居がかった口調でそう言うと、玉座に身体の向きを変えた華王が続けた。

「今の我は寛大だ。求めていた存在に会えたのだからな。……祝ってくれるだろう？　我が甥っ子よ」

蓮珠を追いつめるのに旗色が悪いと見たか、そもそもこの件で蓮珠を追い込むことはどうでもよくなっていたのか、さっそく華王は本題を口にした。

蓮珠からは華王の背中しか見えない。だが、玉座の翔央とその傍らの李洸の表情から、例によって人を不快にさせる表情なのだろうとは予想できた。

「……伯父上、わたくしの後宮にお入りになったと報告を受けております。相手が誰とも知らず祝えと口にされましても、発言は控えさせていただきたいと返しますよ」

伯父が相手だからか一人称を「わたくし」としているも、言っている内容も口調も、叡明そのものだった。思わずじっと玉座を見てしまう。だが、切れ長の両眼が伯父を見下ろしていた。ただ、その表情は、皮肉を言う時のそれなので、ここまで似ているのも納得してしまった。

「相手がわかれば、祝えると？　……そこの女官の妹だ。似ていない姉妹で、自身とは関係ない襲撃に耐えたばかりか、さらにはこんな姉を気遣い、怯えた身体を奮い立たせて物陰から出てきたのだ」

蓮珠に対する強烈な嫌味に続いたのは、蓮珠が以前に懸念したような、翠玉の身を哀れに語る言葉でなく、もっとも短い取引の言葉だった。

「その姿に心を打たれた。……あの姉想いの妹なら、そこの無礼な女官の一切の罪を帳消しにしてくれるだろうな」

やられた。蓮珠は、それが顔に出る前に下を向いた。

華王の狙いは、相国皇帝の許可でも、朝議による承認でも、蓮珠自身による命乞いでもなかった。翠玉自らに「姉のために、華国に行きます」と言わせることだったのだ。

蓮珠にだってわかっている。翠玉は、間違いなく姉の罪と引き換えに華国行きを選んでしまう。そこで、蓮珠が、自分が罰を受けるから、行かなくていいのだと言ったところで、その選択を変えさせることはできないだろう。

華王は、蓮珠が翠玉になにも言っていないことに気づいているのだ。だから、翠玉自身が、姉を救おうとするのをためらうことはないと踏んでいる。

「陶蓮に妹がいるのか？」

官吏の多くは都生まれの都育ちで、栄秋に実家があるから、官吏居住区に家を持っていないことが多い。特に朝議に出席している上級官吏は、地方出身者であっても、実家が資産家で、栄秋に来た時用の屋敷を持っていることがほとんどで、官吏居住区に住む陶家姉妹を見たことがある者はほとんどいない。それでも、皆無ではない。

「たしかに、あの妹は背が高い美人で、陶蓮に似ていないが……」

翠玉を知っている上級官吏もいる。続く流れは、蓮珠が、かつて冬来に言ったとおりのものだった。

「喜ばしいことではないか。姉の罪は帳消しになり、自身は華王の寵妃だ」

「良いことを言う官吏がちゃんといるではないか。……そのとおりだ。妹は姉を助けるばかりか、華王の妃として、この大陸でも指折りの真に贅沢な暮らしができるようになる」

自分の見たい事、聞きたい事であれば上機嫌に返答するのが華王だ。朝堂の空気が、華王の提案に好意的であるのを見て、笑顔で続ける。

「今日は本人の意志を問えない。明日の朝議には、ぜひ彼女を召喚してくれ。我は無理強いなどしない、ちゃんと公の場で……この尊重すべき朝議の場で、本人の意志を確認するとも」

それがどれほど強制的か、わかっていて言っている。官吏たちの中にも、眉をひそめている者や白々しいと呟いている者がいる。もちろん、華王が耳を傾けることはない。言うことは、すでに言ったし、この場に翠玉はいないのだから、これ以上この場にいる気が失せたのだろう。何の挨拶もなしに、朝堂を出ていこうとする。

「両親と兄は無駄死にだったな。そして、これまでお前がしてきたこともすべて無駄になった」

華王が跪礼している蓮珠の横を通るとき、蓮珠にだけ聞こえる小声で言った。思わず顔を上げた蓮珠を見下ろし、華王はその美しい容貌に、この上なく華やかな笑みを貼り付けている。周囲の者からしたら、きっと、さぞかし優しい言葉をかけているように見えるだろう。

「いい顔だな。お前のそんな顔が見られただけ、今日、この場に出てきたのも無駄ではなかったとしよう。……そもそもお前のような者が、何かを大切にしようなんて、おこがましいにも程がある。己の分を弁《わきま》え、この場に出てくればどうにかなるなどという幻想を抱いた己の思い上がりを悔いるがいい」

翠玉の出生も、両親や兄との約束も関係ない。こんなことを笑って言えるような人間に、妹を渡してなるものか。絶望の表情など見せて喜ばすことはない。蓮珠は、ただ強く、朝堂を出ていく華王の背を睨んでいた。

第七章　蓮花、翡翠へ告解す

もう翠玉を連れ去ることも襲撃もしないだろう、という話から、蓮珠は翠玉を連れて官吏居住区の陶家に戻った。どこからか流された噂で、陶家には次々と祝いの品が届いていた。蓮珠はすべて丁重に返却するように家令に指示を出して、屋敷の奥の自室に籠る。

朝議での話を上級官吏がこんなあからさまに流すわけがない。おそらく、噂を流したのは、華国側だ。外堀を埋めるつもりなのだ。なにも知らない栄秋中を巻き込んで。

ただ一点、陶家の娘が、華王に見初められた、と、それだけを噂として流し、祝いと羨望の視線だけを姉妹に浴びせ、周囲から強要させるために。

「……お茶をお持ちしました。皇城にいらっしゃるお茶淹れの名人の秋徳殿には程遠いですが、どうか張り詰めた心をほぐしてください」

真永がお茶を淹れてくれた。彼は、あんな襲撃があったというのに、変わらずに陶家の家人をしてくれている。しかし、元が護衛兼任の家人だったとはいえ、本当に襲撃を受けるような家に国賓を置いておいていいのだろうか、と思わなくもない。

「翠玉は、落ち着きましたか？」

茶器を受け取った蓮珠は、真永の表情をうかがいながら尋ねた。

朝議でのことは、最終的な結論が出るまで翠玉には、なにも報せない方針だった。

だが、あろうことか、祝いの品を持ってきて追い返した者の一人が、門から院子（中庭）にいる翠玉を見つけて、直接祝いの言葉と品を渡すという暴挙に出た。すぐさま、白豹と真永が持ってきた祝いの品ごと屋敷の外に放り出した。

　翠玉からしてみれば、華王は突如屋敷を襲撃してきた相手であり、姉を苦しめる許しがたい存在でしかない。それが、なぜか自分を妃にすると言い出し、周囲は祝福の嵐、理解が追いつかず、泣き出してしまったのだ。

「大丈夫ですよ。今日はお部屋で、お好きな本を読んで過ごされると仰っていました」

　真永が微笑む。そのことで安堵すると同時に、蓮珠は反省した。

「夏の暑い時期だから、部屋から出ないのは酷だと思って、庭ぐらいならと思ったのが良くなかったです。勝手に入って来るなんて……。本当に、わたしも外へ放り出すのに参加したかった」

　栄秋は、高地・山岳地帯が占める相国には珍しい平地にあり、南海から白龍河を上がってくる夏の風で暑い日もある。

　部屋に籠って本を読んでいるのは、一番安全かもしれない。ただし、適度に飲み物や食べ物を運ばないといけない。本に夢中になった翠玉は、本当に寝食を忘れるので、その意味では非常に危険だから。

「真永様には、申し訳なく。……我が家の事情に巻き込んでしまいました」

後付けの役割はともかく、真永は本来国賓として、栄秋巡りを楽しみながら、落ち着いた日々を過ごすはずの人だ。迎賓館《げいひんかん》である杏花殿に比べたら、狭いうえになにもないような屋敷で、慌ただしく過ごさせている。

「これが『我が家の事情』ならば当事者ですよ。自分は陶家の家人ですから」

いい青年だ。身分を考えれば許される表現ではないだろうが、そう言いたくなる。

「……それに、さきほど、本当に当事者になりまして。蓮珠様とお話ししなければと思いまして」

首を傾げた蓮珠を前で、真永が床に膝をついた。

「陶家の家長にご許可をいただきたい。……翠玉殿を、我が妻にお迎えしたい」

そういう雰囲気がなくもなかった。なにより、翠玉が真永に好意を抱いているのは明らかだったから。

「もしかして、翠玉から言いました？」

確認すると、真永が少し目を見開く。

「……すごいですね、よくおわかりに」

色んな表情を見てきた気もするが、真永の驚いた顔は、これが初めてだった。

威公主ではないが、この人の本来いる場所は、隠し事を強いる場所だ。

「真永さんからは、家人の役割を崩すことはしないだろうと思って。……その、真永さんは、あの子の状況を見ているから受けたのですか？」

蓮珠は、慎重に問いかけて、つい眉間にしわが寄った。

「そうですね、たしかにこの状況を見てというのもあります」

真永が腕組みして答えたあと、挑戦的な笑みを浮かべる。

「ただ、それは、彼女を誰かに奪われたくないという意味ですけどね」

蓮珠は安堵に眉間に寄せたしわが消えたが、逆に真永のほうが難しい顔をした。

「しかも、その誰かがアレですからね、よけいに奪われたくなくなるわけで……。彼女の気持ちに即答してしまいました。物語の登場人物のようにはいかないものですね、ちょっと情緒が足りなかったと反省しています」

なんとなく、その場面を想像してしまい、笑いそうになる。

「……翠玉のことは、どこまでご存じですか？」

そう尋ねると、彼は視線を伏せた。

「叡明様からお話を伺っております。亡き皇太后様のお話も、白渓の邑のことも」

あの叡明が、そこまで話しているなら、叡明もまた、真永と翠玉とのことに反対はしていないということなのだろう。蓮珠は、小さく頷いた。

「明日の朝議は、自分も召集がかかっておりまして、ご一緒させていただきます。万が一のことがあれば、自分が対応いたしますので、ご安心を。今度こそ何をおいても彼女を連れて、速やかにその場から逃げさせてもらいます」

真永も、あの夜のことを後悔しているのだ。

「頼りにしています。……翠玉のこと、よろしくお願いしますね」

これが陶家の家長としての答えだ。蓮珠は、叡明からも翔央からも、国内外の問題なんて考えなくていい、翠玉にとって何がいいのかだけを考えればいいと言われている。

翠玉が望むなら、蓮珠の答えは決まっている。

「……それにしても、真永さんまで朝議に召喚されるなんて」

蓮珠だけでなく、あの夜の家人まで呼び出しとは。華王という人は、本人の言う寛大とは程遠い、ずいぶんと狭量《きょうりょう》な人物だ。

「まあ、いずれは呼ばれる場所です、なにも問題ないですよ。……むしろ、堂々とお二人の近くに居られるのは、ありがたい。その一点のみ、華王に感謝しましょう」

真永は真永で、度量の大きさを感じる。

「さあ、明日も朝議に出るわけですから朝が早いです。翠玉殿とゆっくり話されるなら、今からでも遅いくらいだ。新しいお茶を淹れてきますね」

なんてできる家人なのだろうか。きっと、そういう気遣いが必要なところで生きてきたのだ。……となると、翠玉を嫁がせても大丈夫なのだろうか。周囲にそんな気遣いをしなければならない環境に送り出すのは、だいぶ不安だ。

「あの、今更なのですが、真永さんの淩国でのお立場って……？」

これまでは、周囲に彼が淩国からの使者と悟られる態度になってしまうのを懸念して、あえて誰からも聞かずにいたが、翠玉にとって本当にいい嫁ぎ先なのかは、やはり気になるので、ここは確認しておきたい。

「ああ、そうですよね、妹の嫁ぐ相手がどこの馬の骨かもわからない相手というのは、不安ですよね」

いや、さすがに東方大国の使者が馬の骨ではないことはわかっています。蓮珠は思いを飲み込み、黙って真永の続く言葉を待ったが、彼は顎に手をやると、少し首を傾けた。

「……蓮珠様の不安は理解しておりますが、公式の立場を口にするには、ある方の許可がいるので、明日の朝議まで待っていただけませんか？」

これは、意外だった。欧閃は彼の正体を隠すつもりがなさそうだったのに。叡明のことだから、また違う狙いがあってのことかもしれない。

「ああ、主上からの許可が必要なんですね」

蓮珠が言うと、真永は少し目を見開き、それから何度かうなずいた。

「主上……、ええ、そうですね。主上の許可が必要です。今言えるのは、凌国でもそれなりにお金のある家の三男坊ということぐらいでしょうか。なので、ご安心ください」

金持ちの三男坊……って、翔央が街歩きのときに使っていた設定と同じでは？

むしろ、その設定の胡散臭さに安心できない蓮珠だったが、睨んでいた卓上の茶器を、真永が片付けだして、顔を上げる。

「いろいろ気になって本を読んでいられなかったようですね。……お茶を二人分、ご用意しますから、ごゆっくり」

真永が部屋を出ると、部屋の出入り口から翠玉が顔を覗かせた。

「真永さんがお茶を淹れてくれるって。座ったら？」

蓮珠が手招きすると、遠慮がちに部屋に入ってきた翠玉が、椅子に浅く腰掛ける。彼女は、うつむいたまま、裙の上に置いた手を何度も握ったり開いたりして言葉を探しているようだった。

「真永さんに聞いたわ。おめでとう」

夏の夜は短い。姉妹としての最後の夜だ。蓮珠には、もう翠玉の言葉を待つ時間もないのだ。話を切り出した蓮珠に、顔を上げた翠玉が不安げな目で見てきた。

「でも、私が真永さんのところに嫁いだら、お姉ちゃんが……」

蓮珠の罪の帳消しが交換条件になっているところまで、耳に入ってしまったようだ。例の祝いの品を届けに来た者が言ったのだろう。翠玉の罪悪感に訴え、蓮珠が従わなかったときに、翠玉自らが言い出すように予防線を張ってくるとは。

むりやり院子（中庭）に入ってきたことといい、本当は華王の部下ではないだろうか。朝議では無理強いしないとか言っておいて、色々と企んでくる人だ。やはり家から放り出すのに参加しておけばよかった。蓮珠は憤りに、膝の上できつく拳を握った。

「私、お姉ちゃんが無事なら……」

「ダメよ、絶対にダメ！　華王だけは……。わたしの何を差し出してでも、それだけは阻止してみせるから。だいたい、わたしが翠玉を差し出して命乞いすると思う？」

翠玉に最後まで言わせず言葉をかぶせた蓮珠に、翠玉が泣きそうな顔をする。

「……そっか、そうだよね。お姉ちゃんは、そういうの、嫌いだもんね。でも、それじゃあ、お姉ちゃんが……」

涙をこらえる表情に見て取れる安堵と不安。蓮珠は椅子を立つと、翠玉の頭を腕の中に抱き込んで大きく息を吸い込んだ。

終わらせるときが来た。『いつの日か』にしてきたその日を、今日にするのは、蓮珠の決意だけだった。

「翠玉、あの夜は最後まで話せなかったけど、今夜は最後まで話すから。だから、ちゃんと最後まで聞いて……」

終わらせるための始まりの言葉を口にして、蓮珠はそっと腕の中から翠玉を解放すると、目線を合わせた。

最後まで話したら、もうそこから先は、こんな風に目と目を合わせて話すことなど許されない立場に分かたれる。だけど、いまだけ、同じ目線で話すことをお許しください。

蓮珠は、誰にというわけでもなくそう心の中で許しを請い、長い、とても長い、約十八年分の話を始めた。


夜半の寝台で、気配を感じて蓮珠は身を起こした。寝台近くに置かれた小さめの長椅子に置いたままの褙子を着る。

「寝顔を見られるかと思ったが、うまくいかないものだな。珍しく起こしたか？」

裏庭に出る扉から、そう声がして、部屋に入る月明かりの中に翔央が現れる。

「……残念ながら。今夜は寝られそうにありませんので、起きておりました」

寝たらなかなかどころか、間近で銅鑼を叩かれてようやく起きるくらいに寝穢《いぎたな》い蓮珠なので、本当に寝ていたら、気配に敏いわけでもないから確実に寝顔を晒していただろう。

「襲撃が本当にないのかを確認に来たのですか？」

「……そちらは、あの伯父上が『しない』と言ったら『しない』から、心配していない。昔から『やらない』と明言すれば、本当にやらない人なんだ。ただし、やらかすつもりのときは絶対にあいまいにしておくんだよ、やらないとは言ってないとかなんとか言って。本当に性質《たち》の悪い人だ」

月明かりの中を長椅子のところまで来た翔央は、遠慮がちに浅く腰掛けた。

そんなところが兄妹で似ているとは思っていなくて、蓮珠は小さく笑ってから、泣きそうになって、目元を夜着の袖で押さえた。

「翠玉とは、話したのか？」

「……はい。それもあって、なんだか眠れなくて」

苦笑いを浮かべて答えれば、翔央が大きな手で蓮珠の頭を撫でる。

「だろうな。……そっちの件が心配で、様子を見に来たんだ」

蓮珠は、頭を撫でられていたので、わずかに首を傾けた。

「出生を知った翠玉の様子が心配ですか？」

「そうじゃない。……話をしたおまえのほうが、きっと辛かったんじゃないかと思って、様子を見に来たんだ」

蓮珠の額が、翔央の指先に弾かれた。軽い痛みに眉を寄せ、蓮珠は反論してみた。

「……そうでしょうか？　わたしは、これでもいつか来る日だと覚悟していましたから、それほど辛くはないですよ」

頭を撫でた手が、今度は蓮珠の頬を撫でた。

「おまえ、嘘がつけない顔なんだから、バレバレだぞ。だいたい、『十八年分の秘密を話してスッキリしたし、今夜はよく眠れそうだ』ってことには、ならなかったのだろう？……おまえらしくもない遠慮なんてしてないで、辛いって言っておけ」

蓮珠としては、表面的なものとはいえ皇后の身代わりとして身に着けた優雅さや思慮深さによって、『遠慮ない』をそれなりに改善したつもりでいた。これは、近日中にも、遠慮がない、色気がない、可愛げがないの『三ない女官吏』の名も『三ない女官』に入れ替わってしまうのだろうか。

「そこは、可愛げがないので、結局言わないんですよ」

同期の同性官吏が次々と辞めていく中で、陰でなんと言われようとも、蓮珠は下級官吏の職にしがみついた。あげく『三ない元女官吏』などと呼ばれたわけだが、蓮珠には、翠玉という守るべき存在がいたから、誰がどう呼ぼうとわりと平気だった。平気だったから、よけいに可愛げないに拍車がかかったのかもしれないが。

翠玉は、早ければ明日の朝議が終わり次第、上皇宮へ長公主として入り、さらには相国皇帝の御名御璽《ぎょめいぎょじ》がある国交樹立に伴う外交公文書を持って帰国する真永と共に凌国へ旅立っていく。そうなれば、家令の白豹も皇城に戻るだろう。彼は、そもそも叡明が翠玉の身辺警護のために屋敷に派遣してくれた家令なのだから。期間限定新米家人も、翠玉の護衛が本業だ。翠玉の上皇宮行きと同時に家人を辞めることになるだろう。みんな、翠玉がいたから繋がっていた。だから、遠からず、蓮珠は、この屋敷で一人きりの住人になる。

「……前に、朱景さんの話をしたじゃないですか」

夜中の暗い部屋を眺め、ぽつりと、蓮珠は話し出す。

「朱景さんとわたし、お互いが最後の親戚で、でも、お互いにそのことは忘れて生きていこうって話をしたんです。だって、その時、朱景さんには榴花公主様がいて、わたしには翠玉がいたから。お互いに繋がりを断つことに、何の躊躇もなかったんです。でも、わたしには……、もうなにもない」

翠玉に話したことで、多少肩の荷が下りた気がしなくもない。でも、翠玉に話しただけで、華王の件が解決するわけでもない。むしろ、不安ばかりが募っている。だって、もう近くに居て、妹を守ることはできなくなった。蓮珠には、今後も変わらず身代わり皇后を務めなければならない。翠玉が上皇宮に行ったからといって、上皇宮付きの女官に異動できるわけではない。それに、例えば上皇宮の女官になれたとしても、そこに待っているのは、長公主と女官の関係性でしかない。それはきっと、蓮珠よりも翠玉にとって負担になることだ。

「今夜来ておいて、正解だったな。蓮珠は、すぐにそうやって一人で思考暴走する」

翔央が蓮珠の頬を撫でていた手のひらで、軽くぺちぺちと叩く。

「蓮珠、忘れるなよ。……おまえは、一人になったわけじゃない」

翔央のよく通る声は、とくに大きな声で話しているわけじゃない時も、身体に染みこんでくる。

「この前話したこととの逆だ。蓮珠の妹なら、俺の妹でもあるという話をしたが、俺の妹なら蓮珠の妹でもあるわけだ。これからも、何も変わらない」

それは、だいぶ違う。そう思うのに、翔央の言うとおりかもしれないなんて思ってしまうのだ。この声のせいだからか、あるいは、彼自身が持つ力なのか。確かめようとして、目を合わせるも、すぐに視線を逸らされた。その上……。

「いや、……だから、どうして言った本人が顔赤くするんですか？　しかも、二回目じゃないですか」

「そこは見逃せ、もしくはこういう時ぐらいは遠慮しろ」

翔央の抗議に、蓮珠は笑った。

「残念ながら、こういう時こそ、わたしらしく遠慮はいたしません。……そうだ、たまには翔央様がわたしの枕になってくださいよ」

言うだけ言って、蓮珠は翔央の膝の上に頭を乗せて長椅子に横たわった。

「朝議に遅れないように、このままずっと起きていましょうか？」

「そうだな。……二人そろって寝不足で朝議も悪くない。どうせ、伯父上の茶番につき合わされるんだ、居眠り半分で聞いたほうが、精神的に楽になるかもしれない」

翔央の指が蓮珠の髪を梳く。いまはまだ一人じゃないことを噛みしめながら、蓮珠は、瞼を閉じた。時折、翔央とたわいない言葉を交わし、ついに眠気の訪れぬまま、夏の短い夜が終わった。


相国宮城の朝は早い。日の出ごろから朝議に向けて官吏たちが登城し、まだ早朝と言える時間から朝議が始まる。大陸史上まれにみる官僚主義国家である相国の朝議は、とにかく決めることが多いために朝早くから始まるのだ。地方の一地域での問題、中央の部署のひとつで起きた話し合うべき問題などの規模の小さな議題に始まり、今回のような国家間の大問題を議題に話し合うこともある。だから、朝議の最初から最後まで、ひとつの問題に終始するわけではない。

「いったいいつになったら、我々の話が始まるんだ？」

　華国の者たちの中から抗議の声が上がった。

「だから、途中参加でも良いとお伝えしてあったはずだが」

　玉座から直接そう返されて、さすがに抗議の声が途切れ、別の文句が飛び出す。

「……こちらがいないのをいいことに、勝手に結論を出されては困るからだ」

「勝手も何も、先ほどからお聞きいただいておりますとおり、華国の方々には関係のない議論ばかりですよ」

　李洸が呆れ顔を隠さずに言って、また次の議題に話を移す。

しびれを切らして不満を口にする華国の者たちの横で、元官吏である蓮珠はもちろん、翠玉も真永も黙って跪礼の体勢を保っていた。

　蓮珠は昨日の朝議と同様に玉兎宮の女官姿。翠玉は、皇帝執務室や後宮で代筆をしていた時に着用していたのと同じく、宮城内を歩くのに目立たない色味で、且つ、庶民が着る無紋の麻布を使ったやや地味な襦裙姿だ。なお、朝議の場では正装しなければならないということで、真永は官吏の服装規定に準ずる丸襟の袍衫を着て、腰には玉帯を締めている。

これはもう家人でなく、淩国の使者としての姿といえる。

華王は、不満を漏らす従者たちを放置し、ただひたすら跪礼する翠玉を見ているようだが、彼女の左右にいる蓮珠と真永で無視するように言ってあるので、一方的な視線が注がれているだけの状態だった。

「やれやれ、普段は大きな問題を最後に回すところだが、本日は入れ替えて進めていくよりないな。李洸、回せるものは、明日の朝議に回せ」

玉座の声に、李洸や最前列の古参官吏たちが渋い顔をする。

「御意。……とはいうものの、主上、なにから始めるのがいいのでしょうか、この議題の場合は？」

李洸の問いは、朝堂全体の問いでもあった。

「丞相に報告いたします。後宮の火災は、玉兎宮の女官からの聞き取り、他の宮から避難した皇妃たちからの聞き取り、後宮管理側で消火活動にあたった太監たちからの聞き取りを行ないましたが、いずれもそちらの女官の申し開きが正しいことを証明する証言ばかりでした」

後宮警備隊を代表して冬来が発言する。

「報告承りました。……では、残る女官による華王陛下に対する不敬罪の件ですが」

主上に準ずる皇族の発言権を持つ白鷺宮が、最前列から朝堂の後方に向けて言った。

「それは覚えている。相国の法に則れば竹杖二十回の罰だが、それではご不満という話が華国側からは出ていた。その後、伯父上からすべての罪は問わないとの発言を得ていたな」

まだ自分たちの議題ではないので朝堂の最後尾に控えていた蓮珠たちの前列には、いつもは最後尾である黎令がいる。跪礼する黎令の頭がコクコクと上下する。元同僚の機嫌は、後ろ姿からでもわかる。皇族に発言を覚えられていたことが嬉しいようだ。

少し和やかな気分になった蓮珠だったが、すぐさまそれを苛立たせる声が入る。

「甥っ子よ、重要なことが抜けている。……我は、そこな女官の妹を見初めた。罪を問わぬは、我が妃の姉たる者に、処罰を科すのは忍びない故のことだ」

勝手に『我が妃』にしないでいただきたい。蓮珠は、跪礼した状態で石床を強く睨みつけた。

玉座の方も苛立ったのか、若干の間をあけてから、伯父の発言内容を復唱することなく話を進めた。

「……そうでした。本人の意志を問うために本人を朝議に召喚せよ、というお話でしたね。では、本日はそこから始めるのが適当だな。李洸、任せた」

任された李洸が、糸目を吊り上げた。

「任されましても、朝議で議論するような話ではありませんので、出る幕でもないのですが、まあ、いいでしょう。……陶翠玉殿、発言を許します」

昨日の朝議で、蓮珠は後宮の火災発生に関わっていないことの申し開きは終わっている。冬来からも調査の報告が出た。不敬罪のほうは、竹杖二十回の罰だということも共有されている。それが帳消しになるかならないかは、もう朝議の議論で決まるものではないというのも伝えているわけで、議題になっても議論にはならない。言ってしまえば、こんな話は、朝議ですることではない。その時間があれば、片付けたい話はたくさんあるのだ。例えば、明日に回されたいくつかの案件など。

「えっと、発言を許されましたが……、なにをどう言えばいいのでしょうか？」

発言を許されて、顔を上げ立ち上がった翠玉だったが、こんな場に慣れていない上に、丸投げされた状態に居心地悪そうに朝堂の前方へ問う。

「本日お呼びいたしましたのは、『本人の意志を問うため』だそうですから、あなたの意志を率直におっしゃればよろしいのですよ」

他の新人官吏が言い出したならともかく、翠玉が言う分には、李洸も雑な対応ではなく丁寧にどうすればいいのかを示してくれる。李洸にとって翠玉は、そもそも執務室仲間というか激務を共に乗り越えてきた戦友のような存在だからだろう。

「そんなもの、本人の意志など決まっているだろう。華王陛下の妃として華国に来ると」

華王の従者の一人が鼻で笑って言うのを、翠玉が率直に自分の意志を口にして止めた。

「え？　妃になんてなりませんよ、私。華王には嫁ぎませんし、華国にも行きません」

これには、華王の従者ばかりか、華王までが呆然としている。

相国の官吏たちの視線も翠玉に向けられたが、なぜだろう、驚きよりも『まあ、あの陶蓮の妹だから、これくらい言うだろう』という納得の視線のほうが多い気がする。

「ハッキリ言わないとお分かりにならないのか？　姉の処分は、おまえの身と引き換えだという話だぞ、これは！」

明確に『国として脅しています』と宣言した華王の従者が、翠玉に詰め寄ろうとして、鄒煌に肩を掴まれた。

「やめろ、華国民として品のない行動をするな」

それは華王の意志でもあるようだ。鄒煌の背後から華王が従者を睨んでいた。だが、それも瞬間的なもので、視線はすぐに翠玉に向く。

翠玉は、その視線を避けて、先ほどの従者に返した。

「おね……姉は、私を華国に嫁がせて、自分の罪が帳消しになればそれでいいなんて思う人じゃありませんから」

蓮珠は、翠玉の横顔を見上げた。

翠玉には、昨晩、出生の話をしている。それでも、まだ、翠玉は『姉』と言ってくれた。涙ぐむ蓮珠の肩に、真永がそっと手を置いた。

「なるほど。妹が他国の妃になり、自分は相国の女官のまま。それが許せないから足止めをしているということか。ならば、おまえも妹の侍女にでもなればよいだろう」

別の従者が一人で勝手に納得し、蓮珠のほうを見てそんなことを言う。おそらく、華王への点数稼ぎのつもりなのだろう。華王は翠玉を欲していて、蓮珠の存在は、その邪魔になっているから。

「小官は、この国に尽くすと決めております。他国に行くことは考えておりません」

「ふん、それで一人で着飾り、妹にはみすぼらしい衣装を強いるとは。卑しい思考だな」

——皇后の居所である玉兎宮付きの女官が、それこそみすぼらしい恰好はできないです。より正確に言いますと、各宮の女官服は宮ごとに配布されるお仕着せですが？——

そんなふうに反論するのも、もう疲れてきた蓮珠とは反対に、翔央言うところの『やや過分なほどに姉想い』の翠玉は徐々に熱くなってきていた。

「これは、仕事のときの服装です。私はすでに成人しており、皇妃様方に代筆のお仕事をいただいております。登城の服装としてこれが最も適切だと判断して着てまいりました。これが私の正装です。姉に強いられたわけではありません」

「かわいそうに。陶家の屋敷暮らしの令嬢が、仕事を強いられるとは……」

揚げ足をとるとは、まさにこのことと言えるような発言だった。

あまりのことに、翠玉が「はぁ?」と呟いた。ここまで会話にならない相手に会ったことがないのだ、冷静な対応を促す方が無理だった。

「私の話なんて、全く聞いていらっしゃらないようですので、言いたいことを言わせていただきます！　私は、お姉ちゃんを泣かせたり、苦しめたりする人には、どれほど脅されようが、どれほど豪華なエサをぶら下げられようが、絶対に嫁ぎません！」

言った。不満も本音も言い切った。

だが、これを聞いた華王が、ここぞとばかりの切なげな表情で、翠玉に語り掛ける。

「かわいそうに。『姉』の支配下にあって、怯えているのだな。安心していい、これからは、我がお前を守る盾となろう。怖がることはない。その女は、我が必ず処分する。今後、お前に手出しなどさせないから」

この世に人として存在しているとは思えぬほどに、美しく清らかな容貌というのは、それだけ強力な武器になる。その人の言葉は、天帝の託宣に等しいものに聞こえてしまうのだから。

朝議の雰囲気が一変した。

陶翠玉の拒絶の言葉は本心ではない、陶蓮珠によって強要されたものである。

この先、翠玉が何を言っても、それは言葉のままには受け入れてもらえない。こんなものを本人の意志を問う場とは言わないだろうに。

華王の狙いどおりになってしまったということだ。

華王の目的は変わっていない。朱皇太后の血筋にある翠玉を手に入れ、憎しみの対象である朱家の血筋を絶やすため蓮珠を排除することだ。そのために、今の今までほぼ黙って従者の勝手にさせておいて、翠玉の『やや過分なほどに姉想い』な発言が出たところで、それを逆手に取って、急に『自分は、翠玉を守るために、蓮珠を処罰する』と発言してきた。

朝議の初めにあった前提である『翠玉を手に入れたら、蓮珠の処罰を求めない』を覆す理由付けをするための、翠玉の朝議召喚だったのだ。

自分の発言が曲解しかされなくなった状況を、翠玉だってわかっている。言いたい言葉を飲みこんで唇を噛んだ翠玉が、華王を睨んだ。だが、華王本人は、ようやく自分のほうを見るようになった翠玉に、上機嫌の笑みを浮かべている。

翠玉の心を踏みにじっておいて、あんなふうに笑うなんて。蓮珠もまた唇を噛み、飛び出しかねない言葉をなんとか飲み込んだ。

対照的に、急に饒舌になった者がいた。場の空気が変わったことが、華国の従者を調子づかせたのだ。先ほどまでは機を見定めていたのか、何も言わずにいた者が急に大きな声を上げた。

「華王陛下のおっしゃるとおりだ。だいたい、なにゆえに抗うのだ？　妹が華国の皇妃になることは、お前のような一介の女官には、この先どうあがいたところで得ることのできない名誉だというのに。お前のような歪んだ者は、やはり処罰が必要だ！」

華王の皇妃にさせられることの何が名誉なものか。蓮珠は抑えきれずに怒鳴っていた。

「名誉って……なに？　他国の王のご機嫌取りのためなら家族を差し出すことの何が名誉なんですか？　そんなものがほしくて、この子の手を握って焼け落ちる邑から逃げたわけじゃない！　だいたい、わたしが歪んでいるっていうなら、そっちのほうがよっぽど歪んでいるじゃない！」

「落ち着いてください、蓮珠様。あちらの狙いに乗ってはいけない」

言い返した蓮珠を、真永が止めた。

「先ほどの翠玉殿の発言を引き出させたのは華王の計算によるものでしょう。彼らの発言はすべて華王の計算によるものだと思ったほうがいい。おそらく、あなたになにかを言わせて、さらなる罪を重ねさせようとしているんです。相国の朝議の場で、相国にあなたへの処罰を行なわせるために！」

でも、このままでは、何か言っても、何も言わなくても、先ほど華王が作った朝堂の空気で、『蓮珠からの解放』の名のもとに、翠玉は華国へ連れていかれてしまう。それを止めるための言葉まで、相手の計算のうちに飲み込まねばならないなんて。

「陶蓮珠は、戦争孤児だ。両親どころか故郷の邑ごと失っていると聞いた。ただ一人残された妹と離れがたいのは致し方ないことではないか」

相国の官吏の誰かが、憐れむ声で言った。

「その執着が、妹本人を苦しめているとしても？　陶翠玉は解放されるべきだ」

華王がやんわりと、だが、確実に発言した官吏を黙らせる。

「これは、執着なんかじゃない……」

蓮珠は、昨晩のうちに妹への執着に決着をつけた。もう、翠玉は妹ではない。朱皇太后から預かった大事な長公主だ。朱皇太后からの信頼を、両親との約束を、兄との誓いを果たすために、蓮珠はこの場に立っているのだ。翠玉を、華王にだけは渡さないために。

翠玉を相国に足止めしようなんて思っていない。解放なんて言葉を使わずとも、蓮珠は、真永と凌国へ向かう翠玉を笑顔で送り出すと決めている。

ましてや、華王に執着を語られたくはない。

「妹は華国で保護し、姉は適切な罰を与えて、その執着を断ってやるべきだ」

華国の従者が、陶姉妹の処遇を決めるのは自分たちなのだと主張するように言った。

「いまのは、言い過ぎではないか？」

玉座から声が入る。表向き、主上と陶翠玉につながりはない。皇帝の署名代筆は、国家機密にあたるからだ。李洸にしたって、翠玉との戦友意識があっても、皇帝執務室で面識があることは口にしない。それでも、李洸もまた華王が優位な流れに、危機感を感じてはいるようで、流れを変えようとしてくれる。

「ええ。それに話がズレていますね。朝議の議題は、陶翠玉本人の意志確認ですよ」

李洸の言葉を受けて何か言おうと口を開いた翠玉だったが、華王と目が合い、口を閉じた。なにをどう利用されるかわからないという不信の視線を、華王に返す。

華王が笑みを浮かべた。見たいものを見て、聞きたいことを聞くのが華王だ。いまの翠玉が発言をやめたことも、自分の狙い通りにいったと思っているのではないだろうか。西金占領の策が、華王から山の民にもたらされたものかもしれないという意見に同意する。このどの選択肢を選んでも華王の思う方向に動かされている感覚は、まさにあの時に感じたのと同じものだ。

この朝議は、陶姉妹を公の場で引き裂くために華王が仕掛けた八方ふさがりの迷路だ。どこへ向かおうと抜け出せない。

「朝議という厳粛な場で、我々は議論にもならないような話を、いつまで聞かされねばならないのだ。陶蓮珠の不敬が問題なのだ。相国のためにその妹が華王の妃になればそれで済む話ではないか、バカバカしい」

また官吏の誰かが言う。さっさと終わらせたい、そういう空気も流れている。人間は結論を急ぐとき、たいていが自分とは関わりのなるべく少ない上に単純な選択肢で済ませようとする。

今回の場合で言えば、妹が姉を救うために、さっさと華王に嫁げばいい。それだけだ。官吏のほとんどにとって、それが最良の選択肢になっている。

姉のために妹が……という話の構造は、高大民族の持つ昔からの倫理観において、とてもわかりやすくて、しかも納得がいくようなものなのだ。

翠玉はいま、じわじわと朝堂を占めていく空気を感じているだろう。『妹なんだから、姉のために犠牲となれ。さっさと華国へ行くと言え』という場の圧力を。

同時に蓮珠に対しては、『元官吏なのだから、国のためにこの話を穏便に終わらせるべく、さっさと妹を解放しろ』という場の圧力が生じている。

でも、そういう話ではないのだ。翠玉が蓮珠のために犠牲になることなんてあってはならない。翠玉が蓮珠の犠牲になる理由がない。自分たちは、本当は姉妹じゃない。

もちろん、本当の姉妹であってもどちらかのためにどちらかが犠牲になることを『正しいこと』だとは思わない。蓮珠と翠玉を逃がすために、両親と兄がその命を賭したことを『正しい行ない』とか『立派な行ない』とかいう言葉で片付けられたくはない。

朝議は、単にわかりやすい姉妹愛の形を求めているだけだ。

ならば、そのわかりやすさを覆すよりない。この場の大前提をなかったことにするしかない。これは八方ふさがりの迷路で、上空に飛びあがる行為だ。

「……いま、行動しなきゃ」

この朝議の場で翠玉の出生のこと話そう。華王が誤魔化せない場で、姉妹ではないことを明らかにして、姉妹愛の物語が成立しないことを示し、周囲の人々の姉のために妹が犠牲になって、それで解決するならいいじゃないかという空気を一変させよう。

蓮珠は、玉座に向かいまっすぐに顔を上げた。

「主上、小官の奏上をお聞き届けいただけますでしょうか」

　玉座に皇帝として座る翔央が、玉座の一段下にいる李洸と白鷺宮として控えている叡明に目配せする。二人がうなずくのを確認してから、そのよく通る声で朝堂後方にいる蓮珠に許可を与えた。

「……よい。陶蓮珠の発言を許す」

　許可を賜り、蓮珠は、その場に跪礼した。そして、そのままの姿勢で、翠玉のほうに体の向きを変えた。

「亡き朱皇太后様の命により、本日までの約十八年、姉として振る舞ってまいりました。いまこのときより、長公主様の臣下の一人として、お仕えさせていただきとう存じます」

　朝堂中に聞こえるように、震えることなく、かすれることなく、ハッキリとした声で最後まで言い切る。それだけに集中して、蓮珠は型にはまった口上を述べた。

「……お姉ちゃん」

　逆に、翠玉の声はかすれていた。

「どういうことか、聞かせてもらおうか？」

　玉座の声が、大きくなる。

「はい。主上に申し上げます」

蓮珠は、玉座にだけでなく、朝堂全体に、約十八年間の記憶を口にした。

長いその話を止める者はなく、華国側さえも静かだった。話し終えてからもその沈黙は続いたが、その中で一番先に口を開いたのは、叡明だった。

「伯父上、良かったですね。危うく西王母のご不興を買うような禁忌の罪を犯すところでしたよ」

叡明が驚いた顔を作り、議論を狙う方向にひと押しすることを口にする。その場の官吏たちも、これに同意し、口々に恐ろしいことだと言い合う。

華王は、蓮珠自ら翠玉を手放すようなことは言わないと思っていたのか、反論するでもなく黙って蓮珠を見ていた。

「蓮珠様、それ以上のことは、ここでは黙っていたほうがよろしいでしょう。場の空気は十分に変わっています。……だから、こちらの隠し玉は、とっておいたほうがいい」

蓮珠に並んで翠玉に対して跪礼する真永が、蓮珠にだけ聞こえるようにささやいた。

「どうにも華王の表情が気になります。あの方からは、あちらにまだ隠し玉がある気配がする。まだ、万事解決ではないかもしれません」

蓮珠は真永の言葉に従い、すでに先帝や叡明が知っていることは黙っておいた。言ってないことがあるではなく、華王の反応を待っている顔を作る。

華王は、とっくに知っていたのに、周囲を囲む従者たちと同じように、今更になって気が付いたことを周囲に印象付けるために、驚いた顔をしてみせたが、すぐに笑顔になる。

「なるほど。そうか、我が姪であったか。とても喜ばしいことだ。……これで、本来の相国訪問の目的が果たされたというわけだな」

華国側の本来の目的は『榴花公主の件での謝罪』だったはずだが、そんなことは、そもそも華王の頭にないようだ。

「念のためお伺いしましょう。伯父上の『本来の相国訪問の目的』とは？」

隻眼の白鷺宮が、眼帯のないほうの目で華王を睨み据える。

「そんなもの、決まっているではないか。この娘が相国公主であるというのだから、華国と相国の長年の慣例に従い、華国に嫁いでもらおうぞ」

ざわめきに困惑が混じり、奉極殿の官吏たちはいまさらのように、目の前の男の不気味さに気づいた表情で見る。つい先ほどまでは、妹が隣国の王の側妃に迎えられることを喜ばない蓮珠を理解できない目で見ていた者たちも、そのままの視線を華王に向けている。

「陛下、なにをおっしゃっているのですか？」

「決まりごとの話をしているだけだぞ、鄒煌。なにもおかしなことなどないぞ？」

華王がそう言って笑う。鄒煌もまた相国の官吏たちと同様に、華王の不気味さに気が付かされた顔をしていた。

「先ほどまでの話と変わらず、陛下の妃になさると？　ご自身の姪だと知ったのに？」

「そんなことか。……そうだな、それでは体裁を整えるために、至急、我が後継者を指定し、養子に迎え、その妃としよう。その実がどうだろうと、問題ない」

嫌悪と憤りが奉極殿内に満ちる。それをあざ笑う言葉がすべての声を封じ込めた。

「体裁を整えれば、この場の官僚たちも文句は言えまい。手続きの形こそが、お前たち官僚のすべてなのだから。大陸中から、禁忌を犯した国の汚名を着るのは、花嫁を送り出す、お前たち相国のほうだ！」

瞬間、蓮珠は、華王の本来の目的を見誤っていたことに気づく。朱皇太后の血を引く女児を手に入れ、朱家の血を絶やすこと。華王の目的は、その二つだけだと思っていた。

もう一つあったのだ。華王が許せなかったから仕掛けたもう一つの企みが。

「さあ、どうする相国？　長きにわたる盟約を違え、今度こそ我が国との同盟を解消するか？　そうなれば頼るは、わずか数年前まで敵国であった北の蛮族の国のみだ。そんな国の何を信じられる？　滅びよ、朽ちよ、枯れ果てよ！」

華王にとって、唯一の宝だった、美しい妹。それを奪った国への復讐という企みを成し遂げることにも、彼は執念深く機会を狙っていたということだ。

「この国が、我が妹を殺したのだ。我が恨みの深さを思い知れ」

華王の訪相目的、そこには、相国を貶めるという三つ目の目的があったのだ。

第八章　蓮花、翡翠に跪拝する

奉極殿の高い天井の隅々にまで、ざわめきが拡がった。華王の従者が呆然と己の主のほうを見ている。もしかすると、彼らは、翠玉の正体を華王から聞かされていなかったのかもしれない。

高大民族は、はるか昔から近親婚を禁じている。華王と朱皇太后の母妃がいた巽集落でさえ、同じ家の組み合わせで婚姻を結ぶのは数代の間隔をあけていたと聞いた。

姉妹愛と同じくわかりやすい倫理観に基づく近親婚という禁忌。それを公にされれば、大陸中から白い目で見られるのは必定だ。だからこそ、蓮珠は、さすがの華王も引くと踏んで、この行動に出たのだ。

それに国内の者たちだって、このことを知れば、無責任に祝ったり姉妹愛を強要したり……なんてことは、できなくなるはずだから。

「でも、……これじゃ……翠玉が」

蓮珠は官吏を知っている。先例の継承と整った形式、それがどれだけ重視されるのかを。それは本来、悪として語られるものではない。この国のどこであっても、担当者個人の裁量でなく、相の民であれば、等しく国の恩恵を享受するためにある規則だ。

ただ、悪用もできてしまうのも事実だ。今回の華の訪問のように、『榴花公主の件で公式謝罪』と大義をかかげられれば、受け入れざるを得ない。いくら叡明たちには、栄秋の街で朱皇太后の遺児を探すことこそが相手の本当の目的だとわかっていても、華国の公式謝罪の申し出を相国が断ったという外交問題発生を避けねばならないからだ。

目の前で華王が言っていることも同じだ。相国の公主が華国に嫁ぐのは、長く続く慣例だった。だが、先帝には公主は蟠桃公主お一人しかいなかった。蟠桃公主が華国でなく威国に嫁ぐことに華国側は抗議をしなかった、それが相国と威国の戦争終結と和平の証となる婚姻だから慣例より優先すべしとまで言ってきた。もっとも、これは、華王が朱皇后の血筋にない蟠桃公主に無関心で、いっこうに妃として受けいれなかったところに、威国との和平交渉の話が聞こえてきたので、受け入れたくない口実に提案したというのが本当のところだろうが。

「なぜ、そこまで……。翠……長公主様に憎まれたいのですか？」

蓮珠は、思わず問いかけていた。翠玉を妃として望んでいながら、華王の言動は、愛されるどころか、好かれることさえ拒絶しているようにしか思えない。

「忘れているようだが、その娘の血の半分は、直接手に掛けたいほど憎い男のものだ」

それが、すべてにつながる答えなのだと思った。

華王にとって、翠玉は手に入れる義務があるから、執着しているだけの存在。そこに愛情はない。だから、華王の妃になって、華国で皇妃として贅沢な生活があったとしても大事にされることはない。

「なるほど。同じ感情を母上に向けていたわけですか。それは、どうにかして逃げ出したくもなりますね」

隻眼の白鷺宮が、華王に歩み寄り、あの独特の皮肉の笑みを浮かべた。

「我が母上の選択が、ずっと疑問でした。相国皇妃に志願するほど、華国から出たかった理由は何だろう、と。巽集落を壊滅させた男の血を半分引いている。そういう目で見ていらしたのですね」

華王は、甥の言葉を軽く返す。

「さあ、どうだろう。僕は常に妹を大切にしてきたし、妹も幼い頃から僕を慕ってくれていたよ。君たち双子にだって、僕は伯父としていろいろ気にかけてきた。そこは知っているでしょう？」

他国を呪う言葉を吐き出したあとでも、その笑顔は清らかな空気をまとったままだった。美しさは武器だ。だが、いますでにその中に得体のしれぬものを感じているこの朝堂の官吏たちからすると、恐怖の対象となりつつあった。

華王は、自身の影響力を見定めることはできる人らしい。朝堂の空気が悪くなったと感じて、この場を去ろうとする。

「これ以上、相国の朝議の時間を削ることもない。さあ、翠玉、こちらへ来なさい」

蓮珠は反射的に翠玉の半歩前に立っていた。連れて行かれたくない。なにより、その手で、翠玉に触れてほしくなかった。

「お断りします。……私には、将来を誓った方がおりますので」

華王がのばした手から、最後の抵抗として、翠玉が顔をそむける。

この反応に、華王はひとしきり笑うと、美しすぎる顔に笑みを浮かべてみせる。

「庶民に育ったのだ、いたしかたない。だが、これだけはいまこの場で覚えなさい。国と国との婚姻に、個人の心情など考慮されぬ。お前の母もそうだった。嫁ぎたくもない国に嫁がされたのだ。だが、それも公主に生まれた者の運命というもの。妹にそれを強いたこの国が、この道理に従わぬわけにはいくまいよ」

華王の目が、蓮珠を見た。国家間の婚姻の道理をわかっているなら、そこをどけ。そう目が言っている。

いくら蓮珠に遠慮がなくても、一国の王を前に頭を上げていられない。叡明はもちろん、翔央にも感じる、上に立つ者の絶対的な圧力が、蓮珠の意志とは関係なしに膝を折ろうとしている。皇后の身代わりは、しょせん身代わりでしかない。どれほど玉座の傍らに侍ろうと、見下ろす視線の強さに抗いきれないのだ。悔しさに唇を噛み、目を閉じることで視線から逃げた。この場を動かない、ただそれだけを頭の中で繰り返して、蓮珠はその場に足を踏ん張った。

全身をこわばらせた蓮珠の肩に手が置かれた。振り向けば、その手は真永のもので、彼は、翠玉を背に庇い、蓮珠よりさらに前に歩み出る。

「お下がりいただけますか。……彼女は、自分の妻になる人なので」

華王が不機嫌を隠さない低い声で、真永に怒りを浴びせた。

「またお前か、家人ごときの出る幕ではない。下がれ！」

華王の言葉で、鄒煌が華王と真永の間に入る。鄒煌は真永の実力を知っている。全力で真永を排除に掛るだろう。

「真永さん！」

蓮珠の声に、少しだけ振り返った真永が微笑む。

「大丈夫ですよ、蓮珠様。少しの間だけ、翠玉殿をお願いしますね」

真永は、鄒煌に向き直ると、呟く程度の声で言った。

「さて、君に一度だけ機会を与えよう。君の王が大事なら、共に下がりなさい」

真永の口調が変わった、だけではなかった。彼のまとう空気もまた変質していた。

「あ……」

言葉にならないまま口をパクパクと動かした鄒煌が、その背に華王を庇い、真永から遠ざけるように数歩下がる。

「鄒煌、なにをしている？」

苛立った声を上げて、華王は鄒煌を押しのけて、前に出た。

「下がるのはお前のほうだ！」

そう叫んで、初めてまともに真永の顔を見た華王が、言葉を失う。

「人間性って、その人が自分より弱い立場にあると思っている者への態度に出ますよね」

蓮珠が膝を折りかけた華王の圧力を、真永は冷めた視線とともに一笑する。

「鳳凰の加護を受ける華国本流の王ならともかく、帝国傍系のソレでは、まったく効かないな。天帝より玉座を与えられたと言うわりには、格が足りないのでは？」

真永が、華王を見下ろす。双子のように伯父への敬意を示す必要がなく、官吏たちのように格上の同盟国国主と敬う必要もない。その上で華王より背が高い真永には、それができた。

「貴方は、たくさんのことを知らず、たくさんの勘違いをしている」

夏なのに、真永が言葉を発するたびに、朝堂の中の空気が冷たくなっていく気がした。

「いいかげん、見るべきものと向き合い、聞くべき声に耳を傾けるべきだ。貴方に都合がいいだけの世界なんてものは存在しない」

蓮珠は、瞬間的に圧を発する人を何度か見ている。翔央がそれだ。もしくは、常に強さを表にしている武人たちも知っている。冬来や威公主、威の黒太子《こくたいし》がそうだ。

そうした武人たちが、こぞって真永は実力を隠していると言っていた。蓮珠は、それを聞いていたし、彼らが言うくらいだからすごいのだろうとも思っていた。

でも、実力を隠していることを知っていただけで、その実力がどれほどのものなのか、まったくわかっていなかった。

武人ではない蓮珠の目にもそれは見えた。立ち昇る青い煙が、朝堂を満たす一瞬を。

玉座の方々以外、その場に立っていられる者など一人もいなかった。華国の従者たちは短い悲鳴を上げてガタガタと跪礼し、相国の官吏たちは自らの意志で膝を折った。

「お前……」

華王がついに一歩下がる。少し遅れて真永が蓮珠の良く知る真永に戻った。

おそらく真永は、華王がわかればそれでいいと思ったのだろう。

周囲に対して、必要以上に刃を見せない、それが何よりも優先される人なのだ。

「何者だ？　なんの狙いで、その娘を娶ろうとしている？」

華王の言葉に真永の声が、隠すことなく応じた。

「翠玉殿から求婚されて、それも悪くないなと思ったので、ぜひとお答えしました」

「それ、バラしちゃダメ！」

その叫びで、蓮珠は翠玉が跪礼していないことに気づいた。

翠玉だって跪礼を知らないわけではない。皇妃の代筆で後宮に行けば、当然それをしてきた。だからおそらく、翠玉にとって、真永が見せた圧は、跪《ひざまず》くほどではなかったということなのかもしれない。それを肯定するように真永が笑う。

「そうでした。そうですね……自分は、ほとんどの女性に立っているだけで怖がられて、今みたいな場面ではたいてい悲鳴を食らいます。でも、翠玉殿は、このとおり、自分を怖がらないので、常に気を張ってなくていいところを、とても好ましく思っております」

真永ほどになると実力を隠すのも大変なのだろう。

それにしても、この話、官吏一同が跪礼で聞く類の話なのだろうか。のろけを聞かされているだけに思えるのだが。元姉としはとても気恥ずかしい。

「それがなんだ？　相手が剛の者であれば、華王の妃になることを退けられるとでも？　我が求めるは、何者か、狙いは何か、その二点だ」

華王の苛立ちに、真永が不満そうな顔をした。

「そっちですか？　……物語的には、こっちの話のほうが重要だと思いますけど。そっちは、よくある話過ぎて面白みに欠けますよ。単純に、少なくとも、まだ決まってもいない華王の養子よりは、相国長公主を迎えるのに確かな身分があるだけのことなので」

蓮珠は、今更ながらにこういうところも翠玉との共通点だったのを思い出す。真永は、凌国にはあまりない娯楽小説を楽しみ、陶家の食事中の話題は、よく物語についての感想だったくらいに気に入っていた。

とはいえ、一国の王やその養子に勝る『確かな身分』にあることは、物語的にはよくある話過ぎるかもしれないが、現実的にそうある話ではない。物語慣れして多少ズレている真永は、そのまま回答を続ける。

「先日、次兄が長兄の遺児との後継者争いに勝ち、正式に凌王の座に就きました。これにより、三兄弟の末弟である自分が王太子の指名を受けたんです。相国との国交樹立の使者としてのご挨拶の際に、相国皇帝陛下より、最初のお声がけをいただきました」

彼の言っていた『それなりに金持ちの三男坊』は、ただの設定ではなかったようだ。それ以前に、サラッと流せない言葉が入っていた。蓮珠は、真永の顔を見上げ、思わず確認する。

「凌王の末弟で……王太子？」

「ええ。とはいっても、王太子を名乗っていいという許可が出たのは、この朝議の直前に新王よりいただいた返信で、ですけどね。ああ、名乗りと言えば、まだ蓮珠様に正式に名乗っておりませんでしたね。凌国の主上より許可をいただきましたので、名乗りましょう。東方大国凌の王太子となりました曹真永と申します。国交樹立の使者として、訪相いたしました。発表前に華王がいらして、発表が延期されたことにより、翠玉殿と思わぬ長い時間を過ごし、お互いを知ることができて助かりました。その時間も蓮珠様のご厚意によりいただけたものです。陶家においていただき、ありがとうございました」

いや、それより国交樹立の使者なら、相応に高い身分の人物だと思っていたが、よもや凌国の王太子とは。そんな人を家人に雇っていたとは。蓮珠は、血の気が引いた。なるほど。名乗るのに許可が要る『主上』というのは、相国の主上ではなく、凌国の主上のことだったのだ。

魂の抜けかけた状態で、なんとか『どういたしまして』と返した蓮珠に、真永が見慣れた笑みを見せてから、華王のほうに再度顔を向ける。

「貴方の訪相による足止めのおかげですから、ある意味、貴方にも感謝していますよ」

華王の行動が、真永と翠玉の間に付入る隙のない関係を築くきっかけになるとは、なんとも皮肉な結果だ。

「いつのまに……そんな交渉を？」

唸るように言った華王に、朝堂前方の李洸が、喜びをかみしめる口調で回答する。

「国交樹立に向けた交渉は、威国の蒼太子殿下を介して、水面下で開始され、本格的な対話が始まったのは清明節の頃からになりますかね。そうすると、約三ヶ月ほどでしょうか。国交交渉としては、かなり円滑に進みました」

「国交の話じゃない！　この娘の存在を前提とした婚姻交渉のほうだ！」

ついに声を荒げた華王に、隻眼の白鷺宮が答えた。

「陶蓮はそのことを公にできない。だから、翠玉の出生は自分一人が知っていて、事を優位に進められる……、伯父上は、そう思っていらしたんでしょう？　伯父上には理解できないでしょうが、先帝も自分もかなり以前からその存在を知っていました。知っていて、皇族の一員に迎えることはしなかった」

これは、朝堂の官吏たちをかなり驚かせ、朝堂全体がざわめいた。死産だったはずの朱皇太后最後の子どもが存命だったと知ったのは先ほどのことなのに、皇族側ではこれをすでに知っていたというのだから無理もない。蓮珠本人だって、先帝と叡明がかなり前から陶姉妹の存在を知っていたと聞かされた時には驚いたのだから。その心情を代表する形で華王が、さらに問う。

「……なぜだ？」

自身も教えられていなかった側の翔央が玉座から言った。

「ただただ、あなたにその存在を知られないために、ですよ。それが正しい判断だったことは、いまや、この奉極殿に集まっている官吏たちも賛同してくれると思いますよ」

長く妹の存在を内緒にしていた父帝と叡明を責める気にはなれないと、この朝議での一連のやり取りを見ていて改めて思ったのだろう、翔央の口調には、華王に対しての呆れが含まれていた。

「両国間の決めごとに従えとおっしゃるなら、当然伯父上は二人のことを許してくれますよね？　国交を新たに結ぶなら、慣例よりそちらが優先される。そう言って、姉上が……蟠桃公主が威国へ嫁ぐのを後押ししたのは、ご自身なのですから」

つまり、ここまでの流れを見越して、叡明は真永と翠玉の婚姻話を進めていたわけだ。

本当に怖い人だと思って、叡明のほうを見れば、彼は例の皮肉を言うときの笑みを浮かべていた。

「もう一つご自身がおっしゃったことを実行していただきましょう。話はすみました、華国の方々は朝堂から出ていただけますか？　これ以上、相国の朝議の時間を削ることもないのですから」

隻眼の白鷺宮は、華国の面々にそう告げると、朝堂の扉を開かせる。

ている。

天子南面《てんしなんめん》す。朝堂の扉は南に向かって玉座に座る主上の正面に据えられている。開いた扉からは、東の空を昇った太陽が奉極殿の正門の東側から見え始めていた。朝議自体も終わりを告げて、議論の結果を上級官吏たちが担当する各部署に持ち帰る時刻になろうとしている。

終わった、翠玉を奪われることなく終わることができた。そう安堵する蓮珠に、もっとも聞きたくない声がかかる。

「これで勝ったつもりか、陶蓮珠？」

扉の外から視線を華王に戻せば、長身相応の足幅で蓮珠に歩み寄ってきた。

真永が動こうとするのを見て、蓮珠は小さく首を振った。華王のコレが演技で、蓮珠に視線が集まったところを狙って、翠玉を連れ去られでもしたら、そう思った。

「陶蓮！」

出入り口に近い位置にいる黎令が、華王と蓮珠の間に入ろうと駆け寄ってきてくれたが、華王の一瞥で足を止められる。

「控えよ！」

相手は、隣国の王だ。朝堂の扉の前に立っていた衛兵たちも駆け寄ったところで、具体的にどうすればいいのかわからず一定以上には近づけずにいる。そうしている間にも、華王がのばした腕が蓮珠の肩をつかんだ。

「お姉ちゃん！」

翠玉の叫びに、そちらを見れば、真永が止めてくれている。

「すべてを知って、我をコケにして、さぞ気分が良かっただろうな」

そう言われて視線を華王に戻す刹那、蓮珠は駆け寄る叡明と翔央の姿を見た。確かにこの場で華王を直接止められるのは、この二人だけだ。

でも、それでは、二人に再び身内に手をかけさせることになる。

英芳のこと、翔央は、あの結果を仕方なかったとは言ったが傷ついていた。叡明だって、自らの手で兄の処分をしたことになにも感じていないわけじゃない。清明節の御陵参り、皇家霊廟で叡明は英芳の香炉に線香を捧げなかった。自分にはその資格がない、と。そんなことを言う人が本当に理屈だけで、あの出来事を片付けているわけがない。二人に、あのときと同じ思いをさせるくらいなら、竹杖二十回じゃすまされない不敬罪だって、かまわない。

蓮珠は、少し足を開くと勢いよくしゃがんだ。小柄の蓮珠と長身の華王は身長差がある分、華王が大きく上半身が前のめりになる。そこに身体ごともぐりこむと、今度は勢いよく立ち上がった。

大きな音が間近でして、朝堂の床に華王があおむけに倒れている。

蓮珠は、誰よりも先に護身術の師匠冬来のほうを見た。彼女が大きく頷いているのを見て、身長差がある暴漢を撃退するときの体術に成功したと小さく拳を握る。

「と……う……蓮珠！」

頭を打ったせいか、身を起こした華王は、鄒煌を支えに立ち上がるも、ふらついていた。

それでも癖のある前髪から覗く眼光は鋭く、蓮珠を睨み据えていた。

「伯父上、もう……」

朝堂の最奥から駆けつけてくれた翔央が華王を諫めるその前に、鄒煌が言い出す。

「陛下、どうかおやめください。引き際などとっくに過ぎているのです。これ以上の御名に泥を塗る行為はなさらないでください」

「鄒煌、おまえっ！」

鄒煌は自分を支えに立つ主の腕をしっかりと握り、蓮珠のほうへ向かわせないように抑えていた。

「陛下はいつだって見るべきものを見据えて、まっすぐに歩まれてきた。腐りきった先王の宮にあって、それはあまりに清く美しいお姿でした」

鄒煌の目には、華王がそんな風に映っていたのか。蓮珠は、彼の華王への献身に納得がいった。同時に、この先に続くだろう言葉を、鄒煌のつらそうな表情に見て、察する。

「……でも、それは間違っていた。陛下は見たいものだけを見ていたに過ぎなかった」

その失望は大きかっただろう。それでも、鄒煌の目は、主を見つめていた。

「陛下が玉座に就いた時、華国にだって、国の未来を本気で憂い、陛下を支えようとした者たちがいた。だけど、あなたは周りに居る誰のこともまともに見なかった。人心掌握にはほど遠く、ついには私怨でしかない理由でどんな苦境でも国を支えてきた大柱に等しい朱一族を根絶やしにした。……彼女は、女の身でこれまで長公主を守ってきたのです。先日の話でいけば、成人前の少女がまだ幼い『妹』を必死に守って生きてきたんだ。陛下の姪を守ってきた彼女に感謝こそすれ、いったい彼女のなにを罵れと俺に言うのですか？」

訴えかける瞳に、華王の視線が翠玉へ向く。蓮珠を助けようとして、真永に抑えられていた翠玉は、華王の視線を睨み返した。

「……そうか。真実、この娘を『姉』として、守りたいのか」

華王は、一度視線を伏せてから蓮珠を見た。

「……誰かを呪えと言われることなく、自身も誰かを恨むことなく、大切にされたということだな。その上、自ら婚姻を望むか。妃を得るのも、妃を出すのも、ただただ嫌悪しか感じない身としては、甚だ理解に苦しむが、それも悪くないと思うものを見て生きてきたという話か。なるほど、たしかにこれは、物語的にまったく面白味がない。興味が失せた。帰るぞ、鄒煌」

華王は、鄒煌の腕を振りほどくと、背筋を正し、自らの足で朝堂の扉へ向かう。途中思い出したように、足を止めると、振り向くことなく朝堂の官吏たちに命じた。

「相国の者たちよ、我はあと一日、栄秋の街を回らせてもらう。……姪の結婚祝いを買うのだから、相国の者が付き添う必要はない。文化一級国である我が国の姪を、貿易都市だとか言って金儲けに傾く国の小規模予算などで送り出させるものか。国への土産も買うから、出し惜しまずにいいものを見せるように栄秋中に通達しておくといい」

最後まで、謝罪を口にせず、堂々と奉極殿の正門へと歩く背中を見送る。

「李洸、本日の朝議はここまでとする。朝堂の者たちには、担当する各部署を通じて、栄秋民に通達を出してもらうとしよう。栄秋の民には、なんとしても華国の財布を空にしてもらわねばなるまいよ」

主上が笑い含みに丞相に命じるのを聞いて、官吏たちがそわそわしだす。それを一瞥すると、丞相に後を任せて、白鷺宮や護衛官を従えて、そのまま朝堂を後にした。

それに続いて朝堂を出る真永に促されて、蓮珠は翠玉とともに朝堂を出た。

「いや……、これ本当にいいのでしょうか。真永さ……まと長公主様は、わかりますが、わたしがそこにご一緒するというのは、よろしくないと思うのですが」

　蓮珠が遠慮がちに尋ねると、真永が立ち止まり、くるりと蓮珠のほうを向く。

「自分は、相に滞在する間は陶家の家人のつもりでおりました。それとも、家人として至らないところがあり、解雇になったということでしょうか？」

　これは、勝てそうにない。だが、王太子と知ってしまった以上は、とてもではないが、家人の仕事などさせられない。

「えっと、そもそも王太子になりになるような方が、何故家人の真似事など？」

「自分は、次兄と同腹の弟でして……それが、次兄の弱点とならないように凌を離れ、威国の蒼太子の元に身を寄せておりました。ですが、今回同様に周りにそれと知られるわけにもいかなかったので、蒼太子の側仕えという形をとっていました。皇后付き女官のあなたならおわかりだと思いますが、側仕えって、けっこういろいろできないと務まらないんですよね。国の後継者争いが終盤になったあたりで、人にはそれとわからない護衛として次兄の近くに居ることになり、凌に戻りましたが、安全を考えて次兄の日常の世話は、自分が担当いたしました。そこから、食事を作るにしても、お茶を淹れるにしても、掃除をするにしても、どんどんこだわりが出てしまって……。気づけば、お屋敷に雇っていただけるほどの家人の技能を身に着けておりました」

さすが凌国の人。気が済むまで、とことんやってしまったということか。

なお、頼る相手が蒼太子だったのは、蒼部族が凌国と貿易相手として懇意にしていたためだという。この側仕えをしていたことで、真永は、蒼太子に嫁いできた相国公主（相国では蟠桃公主、今では蒼妃と呼ばれている）を通じて、相国（と娯楽小説の楽しさ）を知ることになる。さらには、威国に来たばかりの相国公主の護衛についた冬来と知り合いにもなった。これが転じて、相国に新王の親書を持ってきた真永の実力のほどを知っていた冬来が、華王の訪れにより相国に足止めを食らうことになった彼を叡明に、翠玉の嫁ぎ先としての人となりを保証し、その上、陶家の護衛として推挙したそうだ。

蓮珠には理解しにくいが、雲の上の方々というのは、庶民には見えぬところで、色々とつながっているものらしい。

「なぜ凌の新王様は、隣国の華との同盟強化でなく、相との新たな同盟を結ばれることになさったのですか？」

「翠玉殿だってお気づきになったでしょう？　華王は凌の玉座に誰が座るかなんてご興味ない。そのような方では何を頼れば良いと？」

翠玉が真永の顔を少し見上げて聞く。蓮珠にしても、翠玉が顔を見上げて話す相手は滅多にいなかったので、つくづく良かったな、と思う。朱皇太后に似て、背が高く顔立ちもいい翠玉だが、幼い頃、福田院の男子たちには、よく背が高いことを理由にからかわれていた。

蓮珠の両親は、父よりも母のほうが背が高かったが、両親ともにそういうことを気にする人たちではなかったので、蓮珠自身は夫婦間の身長差というものを気にすることはないのだが、都に来たのが三歳だった翠玉は、白渓の両親のことはほぼ憶えていないそうだから、都の基準で考え、いつも自分の背が高いことを気にしてきたのだろう。

「でも、こうして相国との同盟を結ぶために訪れたことで、妃としてお迎えするのに申し分ない方と出逢えたわけですから、新王の選択は、とても正しかったと思っています」

翠玉の問いに応じる真永は少し下を向いている。そうやって、少し見下ろしてほしくて、翠玉は真永に話しかけていたのかもしれない。

お互いの顔を見ながら話す翠玉と真永を見て、蓮珠は実感する。もう、翠玉の目は、姉だけを追っていた幼い頃とは違うのだ。蓮珠は、ようやく役割を終えた。両親や兄との約束を果たし、ついに翠玉が蓮珠の元を巣立っていく。

その時が来たら、肩の荷が下りたと思うかもしれないと、冬来には言ったが……。いまの自分は、どんな顔をしているだろう。

「……悪くない顔だな。心配するほどではなかったか」

奉極殿の門を出たところで、そう言われた。

見れば、翔央が立っていた。なぜここに、と問う前に答えを言われる。

「伯父上が輿を使ってしまった。杏花殿は皇城の端で戻るには時間がかかる。奉極殿と金烏宮なんて歩ける距離だと言ったんだが、主上が徒歩で宮へ帰るのだけはやめてくれという話で、轎がくる。玉兎宮に戻るんだ、おまえも乗って行け」

なお、叡明と冬来は、徒歩で白鷺宮に戻ったらしい。その場にはすでにいなかった。

轎は輿と違い、囲いがある。蓮珠を乗せても誰かに見られることはないと、翔央は言いたいらしい。だが、金烏宮で轎を降りるときに、一緒に玉兎宮の女官が出てきたら迎えに出てきた金烏宮の者たちが驚くだろうに。

「いいえ、轎に従って歩きますので」

「いや、おまえ、その格好で、か？」

言われて我が身を見下ろせば、玉兎宮の女官服がけっこう乱れた状態になっていた。

「伯父上相手の立ち回りで、衣服も髪型もだいぶひどいことになっているぞ。それで歩くのは、やめておいたほうがいい」

これは大人しく轎に同乗させていただくよりない。そう思い直し、承諾したところで、同じように門前で立ち止まった翠玉が声をかけてきた。

「え、お姉……蓮珠殿は、玉兎宮にお戻りになるのですか？」

「ご安心ください、長公主様。すぐに陶家に長公主様付きの女官たちがお迎えに上がりますので」

蓮珠は、その場に跪礼した。線引きは重要だ。翠玉は、もう相国長公主なのだから。

「そんな……」

泣きそうな声を、低く良く通る声が優しく慰める。

「翠玉、それこそ安心するといい。蓮珠は俺の妃と決めている。だから、おまえにとって、姉であることに変わりはない。大丈夫だ、これからもなにも変わらないよ」

それは、蓮珠に言っていたのと同じことだった。なにも変わらない、と。

「……そうですか。はい、安心しました」

晴れやかな声に変わった翠玉を見上げたつもりが、翠玉がその場にしゃがみ、跪礼する蓮珠の視線と同じ高さになる。

「これからも、よろしくお願いいたします」

「こ、こちらこそ……？」

反射的に返事した蓮珠を、翔央が猫を持ち上げるようにひょいと両手で引き上げて立たせた。

「轎が来た。乗るぞ。……じゃあ、またな、翠玉」

笑顔で見送る翠玉が、轎の扉の向こうに消える。動き出した轎の中、それは急に蓮珠の頬を濡らし始めた。

「あれ？」

変わらないことで、なぜか肩の荷が下りた気がした。華王につかまれて痛んだ肩も軽くなる。解放感でも寂寥感でもなく、変わらないことが、蓮珠の心を軽くした。

「よくやってくれた。……ありがとう、蓮珠」

蓮珠の涙に滲んでいく視界を翔央の大きな手が覆った。流れ出した涙を止めるのでなく、存分に泣けばいいと、言わんばかりに、そのまま自分の胸に抱き寄せる。

蓮珠の中で、故郷を失ったあの夏の夜が、ようやく遠い過去になった。

終章

七夕の当日。大きな庭を持つような上流の家では、庭に五彩の楼を組み、花や果実などの各種供え物と、男児なら詩を、女児なら細工物を並べ、香を焚いて西王母と天の星々に礼拝することになっている。

これを皇城の国家行事では、皇帝が詩を、皇后が刺繍画を西王母廟に供えて、礼拝を行なう。

「よくがんばったな、蓮珠」

「ええ。今回も色々あって、まともに刺繍台の前に座れない日が続きましたが、なんとか西王母様にお見せできるようなものができました」

祭壇に詩の書かれた紙と広げた刺繍画をそれぞれに置くと、二人は例によって、行事進行役の礼部の長老が読み上げる祭詞《さいし》を聞き流しながら、小声で話す。

「翔央様の詩も拝見したかったです」

翔央は書画を好み、その題材として詩にも慣れ親しんでいるので、今回の行事では身代わりでも気が楽だったろうと思っていったのだが、そうではなかったようだ。

「やめておいたほうがいい。……あれな、誰かに見られた時のことを考えて、叡明基準の詩になっているんだ。西王母様には、まことに申し訳ない」

歴史学者の肩書を持つ叡明は、歴史資料としての詩ならともかく、詩作そのものには、まったく興味がない。山河を詠えば、描写の細かさで観察記録を思わせる、情緒のかけらもない詩が出来上がる。

「叡明の字なら、読める者が滅多にいないから誤魔化せるものも、俺の字では誤魔化せん。本格的に、あの独特の字を習得したくなった」

たしかに、叡明の悪筆なら、そもそも読み取れないから、詩の内容をどうこう言われることはないのかもしれない。

「こちらはこちらで、冬来殿から『これは、わたくしでは、絶対にできないですね』と言われました。来年も、わたしが作るということなのでしょうか……」

本物に合わせたり、本物ではできないことをやったり、身代わりというのも、なかなか加減が難しい。

「もう一つ、作っていたもののほうも、間に合ったか？」

「……はい、こちらもなんとか間に合わせた感じです。この儀礼が終わりましたら、直接渡してまいります」

翔央は頷いてから、苦笑いを浮かべる。

「明日の出立の儀式では、ろくに話はできないだろう。上皇宮では、ゆっくり話をしてくるといい。こちらも真永殿と少しばかり兄弟の語らいをするから、多少遅くなっても構わないからな」

「ありがとうございます」

話の区切りに、おりよく行部の長老が、祭壇への拝礼を促す。

「せっかくだ、西王母様に、翠玉と真永殿の旅路の無事を祈るとしよう」

そう言われて再び祭壇に意識を傾け、蓮珠は思う。

もう、自分は、あの子のために、祈ることしかできなくなったのだ、と。

刺繡画に描いた蓮《はす》の花に止まる翡翠《ひすい》（カワセミ）は、この季節の画題には多いものだが、現実では、翡翠は蓮花《れんか》にいつまでも留まってくれるわけではない。そして、翡翠が飛び立つとき、それを見送るのは、いつだって蓮花のほうなのだ。

どうか、翠玉のこれからが、幸多きものでありますように。

国家行事の場で、身代わり皇后は、そんな、とても私的な祈りを捧げていた。


上皇宮の一室、茶器と菓子が置かれた卓を挟んで向かい合う二人は少し緊張していた。

蓮珠は肩越しに紅玉を見る。歩み出た紅玉が持参していた箱を卓上に置いて離れる。

蓮珠は、長公主の衣装を着て座る翠玉の前に、そっとその箱を差し出した。

「こちらは……佩玉でしょう……か？」

促されて箱を開いた翠玉が、ややぎこちない口調で問う。

翠玉が元官吏に育てられていたことを知る者は多いが、その元官吏が威皇后の身代わりであることを知る者は、数えるほどしかいない。だから、本日、上皇宮を訪れた威皇后は、あくまで威皇后として振る舞い、翠玉も長公主として振る舞わねばならない。

「ええ。遠く凌国へと嫁がれる公主様のお守りになればと思いまして」

翠玉の手で取り出された佩玉は、いかにも手作りで、複雑な飾り結びはほとんどなかった。ただ、中心となる玉環も結ばれた紐も長公主に贈るに相応しい最高級品だ。特に、小粒ながらも金剛石が二粒も配置されており、それらが強く輝きを放っている。

翠玉が金剛石を撫でる。その二粒の金剛石が持つ意味が、正しく伝わったようだ。

他の石は、すべて長公主の佩玉に相応しい石に変えられてしまったが、その二粒の金剛石は、初めて蓮珠が翠玉のために佩玉を作ってあげた時から、ずっと翠玉の佩玉に付いていた石だ。

「……皇后様、もの慣れぬ身の願いを一つ、聞き届けていただけますでしょうか？」

翠玉が、佩玉を見下ろしたままで、そう切り出した。

「わたくしで、叶えられることでしたら」

穏やかな声で返すと、少し躊躇った様子を見せた後、翠玉が顔を上げる。

「御身を『お姉様』とお呼びすることを、お許しいただけないでしょうか？」

蓮珠もまた少し躊躇し、でも、威皇后としてこれに答えた。

「…………ええ。どうぞ、お呼びになって。あなたは主上の妹なのですから、わたくしにとっても妹です。妹が姉を姉と呼ぶことの何が悪いものですか」

許しを得て、安堵した翠玉が、佩玉を両手に抱きしめて立ち上がると、勢いよく頭を下げた。

「……お姉、様。この佩玉を作ってくださって、ありがとうございます。常に身に着け、ずっと大切します」

ぎこちなく、それでも一語一語を確実に伝えようと、長公主の言葉を紡いでいく。涙を見せないように、頭を下げたままで。耐えきれず席を立った蓮珠は、大きくのばした手の中に、背の高い『義妹』を抱きしめた。

「と……遠い地へ向かう貴女を、いつだって西王母様がお守りくださいますように」

皇后の言葉をどうにか紡ぐ。心と頭と身体が、すべて別の誰かに支配されているようにまとまりないまま揺れ動いていた。

「この地から、いつだって、いつまでだって、貴女の幸を祈っていますよ」

もう守るための手が届かなくても、蓮珠には、まだそれを祈ることができるのだ。

蓮珠が威皇后として上皇宮を訪問しているのと同じころ、璧華殿の皇帝執務室には、皇帝、白鷺宮、李洸とその側近に加えて、張折と范言、さらには、凌国の王太子曹真永の姿があった。

この話し合いで人払いを徹底するために扉のところに控えていた冬来が、気配に気づき扉を開け、外を確認して数秒。室内に声をかける。

「主上、申し訳ございません。急ぎご確認いただきたい書状が届きました」

室内の全員が視線を交わし、沈黙する。

「どこからだ？」

翔央が皇帝として、冬来に応答する。

「持ってきました者は『中央地域を平定した国の使い』を名乗っているそうです」

淀みなく告げられたその内容に、翔央が皮肉を言う時の笑みを浮かべた。

「そうか。……ようやく来てくれたか」

硬い声が、静まった部屋にやたらと大きく響いていた。

双葉文庫

あ-60-07

後宮《こうきゅう》の花《はな》は偽《いつわ》りに染《そ》まる

2022年1月16日　第1刷発行

【著者】
天城智尋《あまぎちひろ》

【発行者】
島野浩二
【発行所】
株式会社双葉社
〒162-8540 東京都新宿区東五軒町3番28号
［電話］03-5261-4818(営業部)　03-5261-4851(編集部)
www.futabasha.co.jp(双葉社の書籍・コミックが買えます)
【印刷所】
中央精版印刷株式会社
【製本所】
中央精版印刷株式会社

【フォーマット・デザイン】
日下潤一

ISBN978-4-575-52537-3 C0193
Printed in Japan